AS MINIATURAS

A marca FSC® é a garantia de que a madeira utilizada na fabricação do papel deste livro provém de florestas que foram gerenciadas de maneira ambientalmente correta, socialmente justa e economicamente viável, além de outras fontes de origem controlada.

ANDRÉA DEL FUEGO

As miniaturas

Este livro foi selecionado pelo Programa Petrobras Cultural

Copyright © 2013 by Andréa del Fuego

Grafia atualizada segundo o Acordo Ortográfico da Língua Portuguesa de 1990, que entrou em vigor no Brasil em 2009.

Capa
Kiko Farkas e Thiago Lacaz/ Máquina Estúdio

Preparação
Márcia Copola

Revisão
Ana Luiza Couto
Huendel Viana

Os personagens e as situações desta obra são reais apenas no universo da ficção; não se referem a pessoas e fatos concretos, e não emitem opinião sobre eles.

Dados Internacionais de Catalogação na Publicação (CIP)
(Câmara Brasileira do Livro, SP, Brasil)

del Fuego, Andréa
  As miniaturas / Andréa del Fuego. — 1ª ed. — São Paulo : Companhia das Letras, 2013.

  ISBN 978-85-359-2298-1

  1. Romance brasileiro I. Título.

13-06839   CDD 869.93

Índice para catálogo sistemático:
1. Romances : Literatura brasileira 869.93

[2013]
Todos os direitos desta edição reservados à
EDITORA SCHWARCZ S.A.
Rua Bandeira Paulista, 702, cj. 32
04532-002 — São Paulo — SP
Telefone: (11) 3707-3500
Fax: (11) 3707-3501
www.companhiadasletras.com.br
www.blogdacompanhia.com.br

para Artemidoro de Daldis

Um elefante pode ser de Ganesh a Dumbo.
Rodrigo Fresán

oneiro

O Edifício Midoro Filho fica no Centro.

Minha função é simples e trato direto com o público. Quando fui estagiário, o serviço era entregar as miniaturas ao oneiro. Nessa época eu podia escolher uma entre as dez que ficavam na gaveta: dinossauro, livro, escada, cobra, calculadora, carro, fechadura, sapato, corneta e uma abelha. Miniaturas escuras, com brilho de plástico novo.

O oneiro me dirigiu a mão para testar minha pertinência, entreguei a miniatura e ele a exibiu na cara de um sujeito sentado numa cadeira, boca e olhos fechados, o globo ocular dançando. Arrisquei a fechadura. Na sequência a abelha e a cobra. Os olhos foram se acalmando, levantou-se sozinho e saiu.

Isso havia sido um teste, o oneiro pediu que eu assinasse um papel e me encaminhou para a sala ao lado, eu estava sendo promovido. Hoje sou um oneiro, posso trabalhar sozinho, sem pitaco. Sala quadrada, teto branco, parede cinza, chão de lajota fria. Quanto mais rápido o serviço, mais pessoas atendemos, aumentando a diversidade de miniaturas na gaveta, significa mais letras do alfabeto para trabalhar. É uma vantagem, você pode ir mais longe, embora ficar numa só letra também renda: padeiro, palha, pão, prisão, paraquedas, pavão, peixe, ponte, praia, porta, punhal, procissão, pombo. Já insisti muito no M: mar, maçã, montanha, monstro, muro, monge, muleta e moeda.

O Edifício sugere o sonho usando o próprio, assim como a gramática usa palavra para falar da frase. Minha sala tem uma mesa estreita, cadeira onde me sento e outra na frente onde o sonhante se ajeita. O cara abre a porta sem dizer um a, agem sempre da mesma forma. Um dia perguntei ao gerente por que não deitávamos os sonhantes, já que seria uma posição mais confortável. Ele respondeu que eu cuidasse da minha parte.

Na minha gaveta há dezenas de miniaturas, sozinhas elas não funcionam, há o comando de voz, é preciso que eu diga uma frase-chave. Não se escolhe quem é atendido, o Edifício Midoro Filho faz uma triagem inicial. Calhou que eu atendesse uma mãe e seu filho, separadamente, é claro. Atendia a mãe uma vez por semana, o filho aparece sempre.

A primeira frase que disse à mãe foi "casa com três janelas".

— Casa da minha avó? — ela respondeu com a perna esticada, o olho espremido dentro da cara.

— Positivo — confirmei.

— Entro pela janela?

— Positivo.

— Por dentro ela é maior do que parece.

— Positivo.

A cada confirmação, um degrau adiante. O trabalho com essa mãe é mínimo. Já com o filho preciso falar mais, sou obrigado a indicar todo o roteiro.

— Um copo — sugiro.

— E?

— Veja o que há nele.

— Nada.
— Coloque pedra de gelo — indico.
— Pedra?
Se o cara não conhece pedra, fica difícil. Sabe-se, pelos corredores, que doenças determinam os mesmos traços na família. Um herda o tom do outro, uma espécie de embrião de samambaia enfiado na terrinha da cabeça. Então é possível que ele alcance a mãe na agilidade. A conferir.

Lembro de cada um que passa nessa sala, consulto-me por um índice mental. Basta um substantivo e a informação corre numa esteira. Relaciono a frase à pessoa, posso descrever os corpos que sentaram na minha frente. Embora imóveis, ninguém está parado, há uma concentração que faria fogo.

Não temos acesso ao histórico de cada sonhante. Se bem que, com alguma observação em sala, eu faria um longo perfil, mas isso que vemos são frestinhas, nunca um dado é completo.

Há uma biblioteca, ela abriga catálogos de miniaturas já produzidas. Está tudo lá, são arquivadas informações saídas dos relatórios que enviamos aos bibliotecários. Dados obtidos pelas respostas dos sonhantes às frases-chave ditas por nós em sala. Os relatórios são feitos a partir delas e novas miniaturas são geradas. Não é preciso anotar assim que o sonhante sai da sala, temos memória larga. Eu, por exemplo, faço quinzenalmente. A biblioteca não possui livros explicativos, é só um inventário.

Logo que Napoleão Bonaparte morreu, nos foi permitido oferecer sua imagem aos sonhantes. A miniatura era seu chapéu. No caso de uma figura coletiva, seus dados não são mais preservados, pudemos conhecer seu relatório: um rato, um bule, um obelisco egípcio. Já na meia-idade, os dados descreviam uma mulher pedinte, metade de um pão, jornal com a tinta desgastada, um cobertor fino e uma observação: ver sonhos de sua mãe.

Em frente ao Edifício Midoro Filho dorme um casal, vejo

daqui as pernas de um sobre o outro, mal anoitece eles tomam banho na fonte da praça que está desligada, com água velha. De vez em quando olham para cá, parece que vão falar comigo, mas, sendo o Edifício espelhado, estão é vendo se vai ou não chover pelo reflexo das nuvens. Gosto de olhar pela janela, ver as pessoas passando lá embaixo, cruzando a praça, entrando na catedral, outras fazendo xixi na grama, gente vendendo uma calça jeans que achou no lixo, zelador de prédio comendo milho cozido. Nunca me apeguei a nenhum sonhante, até que mãe e filho apareceram. O problema é o parentesco, fiquei intrigado com a corda entre eles. Cortar esse vínculo entre os dois foi minha primeira vontade, mas quebrar a relação não tiraria a semelhança dos rostos. Sexo e idade distintos em duas caras, sendo que uma era causa da outra. Como o Edifício Midoro Filho não permite que um oneiro atenda duas pessoas da mesma família, ser testemunha dessa falha me deixou irritado. Na última vez que estive com a mãe, perdi a concentração.

— Um relógio — propus.
— Que tamanho?
— Um que cubra dois punhos.
— É uma gorda?
— Uma gorda — confirmei.

mãe

Essa noite sonhei com um relógio que tinha bichos no lugar dos números. Diz que a gente sonha com o que precisa, para taxista o relógio comanda, cobro por tempo, é um café logo de saída. Não trabalho em ponto fixo, rodo pela cidade. É bom escolher um bairro, as pessoas gostam de repetir o mesmo táxi, pegam confiança. Quando olham para uma mulher com aparência de cinquenta anos, embora eu tenha bem menos, acham que vou devagar e lucro com isso. Vou mesmo. Se pedirem para correr, eu corro, só não ter ninguém na frente. Acordo todo dia antes do Gilsinho, quando o moleque se levanta eu já fiz duas corridas.

Não fosse esse menino com dezesseis anos debaixo da minha saia, eu saía por aí. Não é brincadeira o garoto vagando em torno de mim. Enquanto Ademar não aparece, a gente fica em suspensão, vai minando o impulso. Para ser sincera, ia ser bom tocar a vida sem Ademar.

Quando meu filho nasceu, Ademar entrou na empresa como técnico em eletrônica, eu fiquei em casa cuidando do Gilsinho. Ele comia macarrão em tigela de plástico infantil até outro dia, podia ser meu marido, no sentido da companhia dócil. Mas não é, e quer comer e comprar tênis, sair com uma turma grande, tem um que mora tão longe que de vez em quando dorme aqui. Não gosto dele, na verdade não gosto da mãe dele, que não conhece o filho que pariu, deixa a criança de quinze anos dormir longe do berço. Esse garoto também podia ser meu marido, no sentido de um quarto com luz apagada e coisas acontecendo.

Ademar, e se eu contar para o Gilsinho que você não está internado no hospital sem poder receber visita? E se eu contar que você se recuperou e foi embora? Nem tua mãe tem coragem de dizer a verdade para o neto. Sorte sua que Gilsinho é obediente e não recebeu a minha parte da herança genética, na qual caem mechas de cabelo quando é contestado. Hoje foi o último dia que falei seu nome, vou dizer mais uma vez para nunca mais: Ademar.

Botei Gilsinho no colégio técnico de publicidade, vai ser bom para ele. O menino vai trabalhar para jornal, revista, fazer cartaz. Dezesseis anos é idade boa para um filho, quando a mãe tem quarenta e dois. Vivi vinte e seis anos sem ele.

Acordo às cinco e o moleque está sonhando, não o acordo, boto café pronto e roupa limpa na beira da cama. Ontem peguei uma senhora no Centro, ela ia para a avenida Paulista.

— Vou ficar na metade da avenida, esqueci o número.

— Pode deixar, meio da Paulista é fácil.

— A senhora é taxista faz tempo?

— Assim que meu filho começou a falar, entrei na praça.

— Vou levar comida para o meu filho, faz dois anos que enterrei meu gato no Trianon, paguei para um menino fazer porque minha coluna tá ruim. Botei nome de filho no gato, é um filho mais econômico e você já sabe que vai morrer antes, o drama é menor, porque filho morre, quanta gente não morre jovem? Faz a conta. Seu filho já morreu, minha senhora? Você pode virar nessa que dá certo, esse trânsito. Levo ração pro meu filho. Deixo na beira da árvore, onde ficou o corpo dele. Acho que todo mundo tem que ter alguém para enterrar e visitar depois. Eu matei meu filho no dia 3 de janeiro, choveu muito. Dei veneno, ele teve convulsão, joguei uma mala pesada em cima para acelerar o processo. Sofrer não pode, mas morrer é normal. Tem uma frescura morrer agora, é derrota, é fracasso.

— Aqui tá bom?

— A senhora faça a volta, quero ficar bem na porta, não quero atravessar a avenida.

Depois de ela sair, entrou um senhor de paletó apertado, pediu que eu o deixasse no correio da Vila Mariana. Olhei pelo retrovisor, ele chorava miudinho. Um homem grande, esmagado na roupa estreita.

— O senhor aceita um lenço?

— Por favor.

Peguei no porta-luvas e estiquei o braço para trás. O farol ficou vermelho bem perto do destino. O carro é de quatro portas, o passageiro abriu a porta e foi embora, sem pagar, falar, agradecer. De vez em quando levo esses sustos. Sem problema, final do dia Gilsinho tem sua comida pronta que eu levo do supermercado. Há dia que eu chego e ele já está na cama de velho, entro no banheiro, deixo a água quente levar o dia. Tô pensando em vender refrigerante e cerveja dentro do táxi. Boto um isopor com gelo e umas latinhas, quem não vai aceitar? Comida é complicado, que pode vencer e o passageiro passar mal, tem passageiro que anota a placa do táxi. Um dia um cara entrou e já foi dizendo a minha.

— Já falo que é para o motorista saber que posso denunciá-lo se fizer gracinha.

Não falei nada, mas, nesse caso, um taxista encardido o mataria e a denúncia estaria cortada. Problema seria onde colocar o corpo do passageiro. Fosse comigo, acho que eu esfaquearia de lado, ele ia parecer desacordado, entraria num estacionamento de shopping, deitaria o corpo no banco de trás. A gente tem que ter sempre uma toalha no porta-malas. Depois o deixaria no Trianon, perto do filho da velha. Boa. Seria melhor picotar o passageiro, mas aí não tenho coragem, teria que chamar alguém para terminar. Tem um açougueiro perto de casa que usa cordão de umbanda, ouve música clássica e tem uma Nossa Senhora em cima da geladeira. O açougue é mais limpo que hospital, taí alguém que eu chamaria.

Eu nunca tive uma multa de trânsito, ando na linha, disciplinada. Meu carro tem a licença, tenho os documentos certinhos. Sou a segunda motorista registrada no alvará, o primeiro é o pai do Gilsinho. O alvará é concedido pela Prefeitura, mas ele comprou por uma fortuna, quem vendeu foi um primo dele que atropelou uma moça e desistiu do volante. O alvará permite que eu trabalhe em ponto fixo no melhor endereço da cidade, no Centro. Mas não fico, não gosto de ficar em fila de carro, sempre na minha vez o passageiro quer um táxi para chegar até o metrô mais próximo. Na vez do motorista de trás a viagem é para regiões distantes, corrida grande. Parada eu não tenho sorte, então rodo até anoitecer.

Conheço muita esposa de cinquentão que está revezando com o marido no táxi, a mulher lava o ponto de manhã, bota vaso de planta, passa flanela no banco, álcool no telefone, estica a capa do guia de rua, falta só cortar a unha do cara. Meu negócio é circular. Tenho faro bom para pegar passageiro com pressa, eles esquecem coisas. Tenho um cofre pesado com as moedas que encontro no tapete. Maço de cigarro, grampo. Pasta com documento, carteira, eu devolvo, mas antes olho os documentos para saber quem é a pessoa. Um dia devolvi os documentos de um dono de pizzaria, cheguei em casa com uma de calabresa e outra de queijo com cebola. O Gilsinho precisa achar um rumo assim, com o público, trabalhar com gente, mas não por muito tempo com cada um, mas pelo tempo de uma corrida. Curso de propaganda está caro e até que ele arrume um serviço vai demorar. A não ser que eu o leve comigo no táxi para ir fazendo contato com algum cliente promissor. Iam recusar o táxi, achando que é quadrilha.

— Bom dia, a senhora é da área da propaganda? Esse é meu filho, um emprego pra ele ou deixo a madame na divisa da cidade.

Vou arrumar um serviço para o Gilsinho. Ele gosta de mecânica, entende o que acontece na barriga dos carros. Tem a ver com o sonho, vou vender o tempo do Gilsinho, o dinheiro será convertido por ele mesmo para o próprio estudo.

— Gilsinho, sabe o posto da Brigadeiro? Estão precisando de frentista.

oneiro

Mãe e filho só não se esbarraram na minha sala porque a regra não permite. Existe o manual do oneiro e o Edifício Midoro Filho espera que nós o sigamos para o bem da flora noturna. Muitos o seguem, a maioria, mas tem um pessoal inquieto, cismado com o fato de o sonhante ficar naquele repouso, esperando que a sugestão de um machado mostre um corte, que uma ponte os atravesse, uma roda-gigante gire dentro de um aquário infantil.

Não tô nem aí para a carreira, pouco importa obedecer ao manual para que eu seja o funcionário do mês, tenha fotografia no corredor do café e, mais adiante, seja o chefe do Edifício. O que mais gosto está nesse andar, na minha mesa, na minha gaveta, nessa mãe e filho incapazes de sonhar sem minha ajuda.

A mãe me agrada por dois motivos, ela é rápida e me adora. Já o filho é cativante porque é ela de outro jeito, mas falta vocabulário para traçar a própria trajetória. Uma coisa é você sugerir os objetos e alguém buscá-los como se lembrasse de uma palavra. Outra é sugerir objetos para quem não sabe pensá-los, dar as dimensões cabíveis. Com ele preciso detalhar, mas é fácil e me impressiona o seu rosto, ele nunca expressa o sonho que está vivendo. Não sei o ponto em que está, em que estática, se em ruído ou imagem definida. Vou levando o moço para onde quero com sua total anuência.

Costumo atender trinta pessoas por período. Fico quinze minutos com cada uma, temos um marcador de tempo para que não passemos da hora. Na realidade, o relógio é enfeite, quem designa o tempo de permanência em nossas salas são os próprios sonhantes. A permanência de quinze minutos é regulada pelo cérebro e não pela imaginação, já ela um produto da cachola. Ele mesmo interrompe a sessão, a criatura se levanta, desaparece da minha frente, e chega o próximo. Não se trata de uma fila de espera, os encaixes vão acontecendo, os elevadores estão sempre lotados, a recepção só não é infernal porque os sonhantes não gritam, eles nem falam, vão sendo encaminhados aos andares. Um dia, um elevador caiu com dezoito sujeitos, ouvi daqui o tranco. Não é possível chamar assistência externa, então se paralisou andar para que os oneiros ajudassem a consertar as correntes, erguer o troço e tirar de lá os sonhantes, a maioria foi convidada a voltar numa outra oportunidade, o que congestionou os trabalhos no dia posterior, os sonhantes chegaram exaustos, o trabalho ficou arrastado, mas nada que tirasse a tranquilidade do Edifício Midoro Filho.

Tenho ficado com a mãe e o filho por mais tempo que o desejado pelo Edifício. Quando um deles chega, fecho a persiana, tiro os sapatos, boto os pés sobre a mesa, afrouxo a gravata, penteio os cabelos nas laterais, onde há cabelo. Tratando-se de um garoto, queria conhecer seus problemas primitivos em formação, os que se tornam imagens das quais se lembrará quando envelhecer. Não sabendo o que o está preparando nesse instante, o que me resta é uma poda bem-feita, cortar aqui um antigo choro de fome, aparar acolá uma ereção interrompida pela chegada da mãe na sala. Claro, se eu soubesse fazer isso. Se eu fosse mãe, e eu conheço a dele, o obrigava a tosar um leão por dia, deixá-lo vigoroso, heroico, para compensar os bracinhos finos que ele mexe enquanto as pernas o tiram desse cômodo para o corredor. Tenho que me segurar, uma palavra-chave mal dita e saio do trilho. O Edifício tem detectores para os abusos dos oneiros, não sei onde ficam, é uma ameaça. A qualquer momento podemos ser punidos, desconheço também a punição. Não quero perdê-los, faço o que posso.

A mãe me pediu os números premiados da próxima loteria, dou os números com uma técnica antiga, digo um número em alto e bom som, os demais em voz baixa, inaudível. A pessoa tem a sensação de que sonhou com toda a sequência de números e culpa a si por se lembrar apenas de um e não dos demais. Assim o sonhante volta a me encontrar quantas vezes o desejo de ser rico o perturbar. Dando um número por noite, garanto a presença da mãe aflita em minha sala, quase levantando-se da cadeira ao falar que dividiria a fortuna comigo caso acertasse. Não sei o que ela fez com os números recordados, não tenho acesso, nada sei sobre mãe e filho fora daqui, descobri o parentesco pela semelhança física, é praticamente a mesma pessoa. Um mais novo, outra mais velha, os dois com um tremor no pé esquerdo.

O filho aparece mais tarde, sua chegada é sempre mais delicada.

— Está bem?

Ele fica mudo, nossa dinâmica obedece à velocidade dele.

— Tá me ouvindo?

É inútil tentar uma resposta a uma questão pessoal do oneiro. Saber se ele está bem é bisbilhotice pessoal, se ele já está na minha sala é porque usufrui de saúde suficiente. Há um dispositivo natural na água do crânio, que separa o que vem da minha singularidade do que é apenas a técnica. Ele só responde à técnica. Quem descobrir como camuflar sua curiosidade em procedimento formal, fazer parecer que é a mesma coisa o que quer investigar e a função do Edifício, terá meu respeito. O filho não mexe o rosto, tento me controlar.

— O que vai hoje, menino?

As pálpebras esticadas, cobrindo a esfera zanzando de um lado para outro. Basta que eu o encaminhe, é um ligue-os-pontos.

— Jogue uma maçã pra cima — sugeri.

— Joguei.

Meu jeito de dobrar o sistema é dar palavras que de alguma forma se aproximem do que eu, pessoalmente, gostaria que ele ouvisse.

— Agora a maçã aumenta de tamanho.

— Maior que minha cabeça — ele responde.

— Agora a maçã é sua cabeça.

— E se alguém me vir assim?

— Um homem de macacão se aproxima — propus.

— Um astronauta.

— Pode ser, confirmado, um astronauta.

— Ele está olhando pra mim.

— Ele morde sua cabeça.

As pálpebras voltam a ficar lisas, sem perturbação. Significa que ele não formula a imagem inteira, está com dificuldade.

— O astronauta pode ser o Pelé?

— Não confirmado, não é o Pelé.

— Boto quem?

— Sua mãe.

Foi arriscado, ele fez um bico enrugando a pele em torno da boca.

— Estou sem um pedaço da cabeça.

— Agora sua mãe se enche de ar e voa.

filho

Como vou ser frentista? Aquele macacão de astronauta eu não visto nem morto. Frentista não. Minha mãe vive jogando na loteria e nunca acerta, ela acha que sou um número ou pode arremessar minha cabeça tentando uma cesta de basquete, que sou um dado, mas eu não dou sorte e não quero dar.

A tonta acha que não sei que ela foi abandonada pelo marido, no caso meu pai. Ela jogou um vaso na cabeça dele, que eu vi. Se não socorro o coroa, ele estaria mesmo na UTI, em coma. Tenho muita preguiça de dizer, mãe, tudo bem, deixe ele ir embora, não finja que sou cego. O que incomoda em meu pai é que ele acha que não sou filho dele. Porra. Pai não engravida, não é rasgado pro moleque sair, então qual é a dúvida? Somos até parecidos. Foi ficando pior, as brigas aumentando e ele jogando essa no meio da cozinha. Um cara cria um moleque e acha que isso não é nada, que não configura paternidade. É como instalar um programa, a máquina não é nada, ela é o que foi instalado, tenho Ademar alojado na infância.

O posto de gasolina até que não é mau. A questão é a ordem

que vem dela. Não só a ordem, ela fechou com o gerente do posto, conhece o cara há anos, só abastece o táxi lá. Meu pai odiava esse cara. Eu não vou ser funcionário de um cara que meu pai odeia, ainda que o gerente me trate bem, como filho. Já pensei nisso. De repente sou filho do gerente do posto de gasolina. Não muda nada. Meu pai não deveria ter ido embora e me deixado para trás. O cara não vai voltar mais, tenho certeza. Não suportava mais minha mãe, nem a dele. Minha avó começou a ter problema nos ossos e ele era chamado para levá-la duas ou três vezes por semana ao hospital.

Um dia, eu era muito pequeno, foi trabalhar e me levou junto, estacionou o carro em frente a uma escola infantil, fechou os vidros.

— Fique quietinho que já volto.

Trancou o Passat por fora e tocou a campainha ao lado de um portão. Veio uma mulher imensa lá de dentro, deu um beijo na boca dele e entraram. Fiquei uma hora dentro do táxi, no banco de trás. Lá pelas tantas cansei de olhar o portão e dormi. Ninguém percebeu que tinha uma criança ali, a rua era tranquila, as mães só apareciam horas depois para buscar os filhos na escola, e meu pai lá dentro, beijando a grandona. Ele saiu, entrou no carro, acordei com o motor.

— Tá com fome? Aguenta firme, vou te dar um sanduíche.

Acendeu um cigarro, esqueceu de parar numa lanchonete e chegamos em casa, minha mãe atendia vizinhas enquanto meu pai estava na praça, ela fazia pé e mão. A velha estava com um pé dentro de uma bacia, o outro na coxa da minha mãe, ela curvada aos pés da velha. Depois do almoço, começava o turno da minha mãe no táxi, eles revezavam.

— Bote o menino no banho, Ademar!

Fui para debaixo do chuveiro, irritado. Meu pai passou manteiga numa bisnaguinha e esticou o braço dentro do boxe do banheiro. Não me pediu para que não falasse sobre a manhã, como se soubesse que eu seria leal, ou nem imaginava que dentro da minha cabeça havia células que armazenavam dados.

Queria usar macacão, mas de um astronauta mesmo. Astronauta está longe do técnico de publicidade. Meu problema é ser quieto, vou deixando as coisas acontecerem, meus pais brigarem, meu pai fugir do hospital. A prova de que ele é meu pai foi ter me avisado, no ouvido, baixinho.

— Daqui vou dar um tempo, cuide de sua mãe.

Na hora não achei que fosse uma despedida de morte, na hora soube que ele ia pular fora. Ele sabe que pode contar comigo, ainda que eu não possa contar com ele agora, quando justamente minha mãe quer me colocar para trabalhar com o cara que ele detesta. Ele tinha um pôster do Pelé que guardava há anos. Algumas semanas antes de minha mãe abrir a cabeça dele com um vaso, ele botou o pôster no meu quarto. Não falei nada, nem ele. A coisa funciona por gestos, e não aos gritos da minha mãe.

— Jogue isso fora, Gilsinho. Pelé nem joga mais, esse museu na parede!

Ela marcou com o gerente e me fez jurar que depois do colégio eu passaria lá nem que fosse para agradecer a oportunidade. Curso profissionalizante é bom porque parece supletivo, repetentes e meninas mais velhas. Na hora do intervalo, muita gente vai embora porque tem compromisso fora, como filhos, casa, gás de cozinha para comprar. Tem dois motoqueiros, um que entrega próteses dentárias de uma fábrica para um consultório, outro que pega exame de fezes a domicílio e leva para o laboratório, ele jurou que não vê nada, o pote é preto, mas vem quentinho. Eles querem o certificado para conseguir estágio, o colégio faz corpo mole e todo mundo se entende. Saí com eles mais cedo e dei um pulo no posto de gasolina. Perfeito, ia dizer que estava procurando emprego na minha área, as coisas estavam difíceis em casa, mas ia dar certo.

— Tua mãe falou que aqui é beleza?

— Sim, meu pai tá internado, ela acha que preciso me virar logo.

O cara devia ter a versão corrente, a de que meu pai estava em coma. Ele me levou até a lojinha de conveniência, abriu uma lata de refrigerante e me deu, abriu outra de cerveja e encheu uma bochecha.

— Ela tá certa, o salário não é ruim e rola comissão.

— Comissão por litro vendido?

— Mais ou menos. Pense até amanhã e a gente conversa.

Em vez de dizer, ali mesmo, muito obrigado e um abraço, eu saí dizendo que ia pensar. Quando cheguei, ela não estava, tinha um dinheiro dobrado embaixo da fruteira. De vez em quando ela joga no bicho e ganha uns trocados, faz uma feira e costuma me dar uma parte. Ela escreveu: "Gilsinho, esse é da pizza, quando eu chegar a gente vai comemorar o emprego".

Ela chegou a pizza estava no forno, eu já havia chamado e colocado os pratos na mesa. Tinha comido um pedaço.

— E aí?

— Não rolou.

Ela riu, comeu metade da pizza em silêncio, ligou a televisão e foi tomar banho. Voltou de camisola, arrastando o chinelo e com um alicate de unha. Eu já estava esticado no sofá, dei espaço para ela. Foi tirando lascas do dedinho.

— Fui assaltada.

Eu nem me mexi.

— O dinheiro da pizza tirei de ontem. Ou você vai pro posto, ou não vou dar conta da sua escola.

Ela não tinha sido assaltada coisa nenhuma, sabia que eu sabia que ela não tinha sido assaltada. Quando isso acontece, ela não entra em casa naquela tranquilidade. Deixei ela mentir.

— Gilsinho, se você trabalhar no posto, vou ter desconto pra abastecer.

Mudei de canal.

— Você registra na máquina um valor menor e completa meu tanque, tô ligada que o Nelson faz isso com o carro dele.

Nelson, o gerente, devia chamar comissão essa abastecida informal.

— Comece semana que vem, economizando na gasolina posso ser assaltada todo dia.

Ela se levantou sem parar de cutucar o dedo. Tomou um copo de leite na cozinha, em seguida ouvi o bochecho no banheiro, fechou a porta do quarto e roncou instantaneamente.

oneiro

Quando os olhos dão cambalhotas debaixo da pálpebra, é sinal de que o sonhante está apto, vendo sistemas solares, invadindo a Rússia, emagrecendo a mãe, perdoando cães, dando palestra em Mônaco. Vou além das miniaturas, embora eu não assista à palestra e nem saiba onde fica a Rússia.

Gostaria de ser poupado de ver a pessoa entrar na sala, eu poderia ficar atrás de um biombo e ser chamado assim que o sujeito já estivesse sentado, também sugiro asseio na seleção que ocorre no térreo, gente com incontinência urinária deveria passar por um chuveirão, há suores ácidos que também se resolveriam com um talco antisséptico. O Edifício Midoro Filho precisa de um síndico mais afiado. Falando em síndico, soube que o atual está sendo afastado por insistir na instalação de campainhas na recepção, elas substituiriam o letreiro silencioso. A ideia eu entendo, era trazer uma mínima animação musical.

O cheiro me influencia, se agradável faço o meu melhor, perco a pressa, vou inserindo dados que combinam com a pessoa, muito campo, luz primaveril, banheiras com sais frescos, águas amadeiradas. Cabelo também conta, com a minha experiência só de olhar o corte sei o que dizer: casa, mar hostil, princesa japonesa, crisântemo. Atendi certa vez um rapaz careca.

— Pegue uma lanterna.

— Qual delas?

— A vermelha — sugeri.

— Tá sem pilha.

— Justamente, jogue-a no porta-luvas do carro cinza.

— Mas esse é o carro do meu sobrinho — ele resistiu.

— Confirmado, jogue a lanterna no porta-luvas do sobrinho.

— O carro tá andando sozinho.

— Pegue a direção — palpitei.

Ele nem se dá conta de que confia plenamente em meu julgamento e na rota que imponho. Essa é uma característica do Edifício Midoro Filho, vagabundo senta na minha frente com aquela cara de morto, se diverte com minha criatividade e disso nem se lembra. Claro, ninguém se lembra da mente e sim do conteúdo que ela produz.

Quando o sonhante ameaça acordar aqui em sala, um sinal é emitido na mesa, a lâmpada verde fica ao alcance dos olhos. Ela se acende quando o fulano diminui a órbita ocular. Aciono um interruptor ao lado da gaveta, isso a destrava e tenho acesso ao borrifador. Basta que eu aperte o pino e uma chuva fina parte do bico e vai se alargando até atingir o sonhante. A substância é tão comum que espanta, água, a pessoa é borrifada. Como é fria, isso dá uma reação na pele. A pessoa se levanta, abre e fecha minha porta, seja de boca aberta, fechada, chorando, aos gritos, mas vai.

Há andar em que o borrifador é de poejo. Nesses atendem chefes de Estado e toda uma leva de autoridades. O poejo é uma menta rasteira, cultivada na cobertura do prédio, ela precisa de muito sol, não tolera geada severa. Esse borrifo não pode ser usado em larga escala, pois seu componente principal causa letargia e o homem comum não a entende como plenitude, mas como tédio. O pedido mais comum do homem ordinário é justamente o trono, isso o nobre tem em casa. Aqui o maioral gosta de faca sem corte, esgrima de flautas, cavalos reais pisoteando morangos silvestres.

    O sujeito, enquanto está aqui, está seguro. O corpo não sofre, não que eu veja. Ele pode cair de um penhasco e nada se quebra, é agredido pelo patrão e sua roupa não é rasgada. Imóvel ele é capaz de armazenar toda a experiência, assim que se mexe, a água craniana é agitada e babau.

    Há oneiro que deixa o cidadão de boca aberta na sua frente enquanto joga paciência sobre a mesa. Tem muita gente cansada nesse ramo, já afrouxando o bom senso. Outro inconveniente: falta de saciedade, oneiro passa agonia porque as sequências que ele sugere quase nunca são finalizadas, nós não vemos seu fim, o fim é dado por esses debiloides que não montam um sonho sozinho mas acham que sim.

    Um colega atendia uma senhora que vinha sempre com uma caixa de fósforos na mão. Não é permitida a entrada de objetos, mas mantas e cobertores sim, são considerados como pijama. A senhora burlava a segurança e prendia com força a caixinha na mão direita, o colega sempre notou aquela mão fechada, mas é tanta gente para atender que, se for inspecionar tudo, ninguém mais sonha. Um dia, o sinal verde apitando e ela resistia em sair, foi preciso não só o borrifador como o supervisor em pessoa desceu até nosso andar e tirou à força a velha da sala. No embate ela deixou a caixa de fósforos cair. Meu colega a guarda no bolso como amuleto, outro dia vi ele benzendo um estagiário com a caixinha. Deu a ele um palito bento por ele mesmo, o moleque guardou o negócio no bolso do avental. O colega também chacoalhava o palitinho nos intervalos. O supervisor tomou dele, quando souberam que o cara guardava objeto de um sonhante o prédio só faltou desabar. Achei que o colega seria transferido, rebaixado ou iria trabalhar em sonho de animais adolescentes. Nada. Ficou aqui mesmo, dessa vez obrigado a relatar por escrito toda a sessão e proibido de atender a velha.

É por essas e outras que nem me preocupo com o corpo do sonhante. Ainda que ele deixe algo cair em minha sala, o importante é que eu não veja, não tome partido, não pegue, esqueça.

Com a mãe e o filho tenho vivido um tormento. Penso neles o tempo todo, confesso que fecho os olhos e ignoro quem está na sala, menos os dois. Sendo um a continuação do outro, tenho a mesma pessoa em desejos distintos. A mesma pessoa em dois territórios, um na juventude e a outra com medo da velhice. Eu trancaria essa mãe numa casa onde eu a visitaria, observaria cada ruga aprofundar-se, a pele afinar até entregar seu conteúdo à terra, a água escapar do vaso e secar-se ao sol.

Todo oneiro tem pendurada na parede uma tabela com a orientação, nossa baliza é a aparência, já que nenhum sonhante pode camuflar-se para vir aqui, tampouco inventar outra personalidade. Para crianças, usamos dezenas de combinações de palavras. Para adolescentes podemos combinar centenas. Adultos de até quarenta anos, milhares. Na idade madura é possível brincar com todas as palavras. O ancião volta a ser criança na tabela e só podemos combinar algumas dezenas. Aqui é uma concorrência brava para trabalhar com criança e velho, é moleza.

A mãe e o filho compreendem a fase dois e a quatro. Na triagem inicial, eles foram mandados cada um para um vizinho diferente. O colega bateu aqui depois que a mãe saiu e perguntou se eu não ficaria com sua cartela de sonhantes por um pequeno período de reciclagem no qual ele entraria em alguns dias. Pouco depois, outro vizinho fez o mesmo, entregando o filho. Topei sem chance de recusa, alguém tem que cobrir a falta do outro. Eu nunca fiz reciclagem, mas os vizinhos tinham olheiras de cardíaco, precisavam de um tempo. Num efeito dominó eu transferi alguns que sonhavam em minha sala usufruindo da mesma obediência de outros oneiros como eu. Foi assim que mãe e filho se tornaram meus sonhantes fixos.

mãe

Estive pensando em alugar meu alvará, podia ser para o Nelson, se ele tivesse dinheiro e disposição. Frentista faz o quê? Fica parado, esperando a bomba encher o tanque, esperando o ar encher os pneus. Eu não, eu rodo nesse chão quente. Gilsinho lá seria uma mão na roda. Tá certo que o Nelson estava querendo abrir o jogo com ele, trabalhar junto ia amaciar a criança. Vai chegar uma hora em que eu não vou poder ficar na rua o tempo todo, lá pelos cinquenta e poucos queria ficar em casa com o Nelson. Gilsinho precisa entender que a mãe dele é chegada em homem, e ele não precisa ficar ameaçado por ser um. Sendo filho, está em lugar privilegiado. Ele terá amor, mesmo que eu o odeie.

Tenho tido sonhos recorrentes, entro numa casa, mas não lembro o que faço nela, a casa se repete. Falando em repetir, peguei um executivo que fechou um pacote comigo, o levarei toda semana ao aeroporto e o buscarei também, combinamos as datas e horários, ele pega voos baratos e por isso saímos de madrugada. Ele quase não abre a boca, entra no carro e cochila até o aeroporto. Espio o cara pelo retrovisor. Bonito, com gordura perto das orelhas que pode ser inchaço de bebida, é gordo pelo resto do corpo, mas não muito. Uma massa proporcional, não é uma massa mole, é homem feito com coisa boa, bebida boa, banha boa. Na primeira corrida ele levou duas malas grandes. Na segunda levou mais duas, na terceira uma só e na quarta uma mochila. Deve estar se mudando de cidade, onde terá que estar muitas vezes, já que o pacote é para alguns meses.

— O senhor trabalha fora?

— Sim, senhora.

E mais nada, não tive coragem de continuar a conversa. No segundo dia, antes de eu estacionar para ele descer, ele telefonou para alguém.

— Não mesmo. Vai depender do que eu encontrar por lá. Sim, em duas horas eu chego aí.

Uma hora de voo, contando com despacho de malas, ele deve ir para alguma cidade próxima. Ele tem dificuldade em sair do carro, uma lentidão que me irrita, vou abrindo o porta-malas e espero, não vou carregar mala pesada, vou atrás de um carrinho de aeroporto e o encosto no carro, nisso o cara ainda está saindo. Faço que levanto a mala e ele termina de colocá-la no carrinho. Ele sai empurrando aquilo e olhando para o celular. Sei que ele fez um orçamento antes de escolher o taxista, meu preço é imbatível, Nelson me abastece com generosidade, não pago quase nada, o dono do posto não consegue controlar o volume. Nelson adiciona outros solventes na gasolina para render, mas ele coloca em meu carro a gasolina pura de uma das bombas. O dono não sabe que a gasolina está adulterada e não percebe uma venda maior que o estoque.

Se Gilsinho for para o posto, o lucro será ainda maior. Nelson está querendo alugar uma licença na praça e entrar para o ramo, alguém terá que substituí-lo, ninguém melhor que Gilsinho, que é de confiança, aprenderá logo o riscado e as coisas se ajeitam.

Quando volto do aeroporto, é muito bom. É raro algum passageiro, já que é estrada. O dinheiro da corrida no bolso, ligo o rádio, deito a cabeça no encosto e piso fundo. O chão correndo debaixo dos meus pés, as curvas sempre se aproximando, minhas mãos firmes no volante, sozinha. Posso voar para onde quiser. Desconfio que a casa do sonho exista, antes de dormir eu peço para entrar nela outra vez, quero conhecer os cômodos, sei que ela é imensa. Quero que ela tenha vista para alguma paisagem que nunca vi.

Jogo do bicho funciona na base da visão, o povo sonha e vai jogar. Tem que interpretar, não é porque sonhou com um galo que o bicho da vez será o galo. Pode ser vaca, se ele estiver cantando numa fazenda, por exemplo. Deve ser por isso que é difícil acertar, o sonho não é o que aparece nele, ele é, só que com coisas que a gente já tinha antes e isso se mistura. Por exemplo, a casa do meu sonho. Eu que inventei, mas casa é uma coisa que existe e vivo numa. As coisas se misturam. Outro dia entrou uma passageira bem novinha, não largava um papel pequeno, estávamos rodando há quinze minutos e ela com o papel, já havia dado tempo de ela ler uns dois capítulos de livro gordo e ela olhando aquilo. Não aguentei.

— É um mapa?

— Senhora?

— O papel é um mapa? Pode ficar sossegada que eu conheço a rua, filha.

— Não, isso é um desenho que eu sonhei, tô tentando entender.

— O que é?

— A estátua de um cozinheiro.

— Essa é difícil, mas acho que é só isso mesmo, uma estátua.

— Fiquei com medo de ser minha mãe, ela quem cozinha em casa, fiquei com medo de ser a morte da minha mãe.

— Não se preocupe, morte é dente. Isso aí não é nada, tem que anotar quando é bicho, que a gente converte em número. E se for número puro, filha, pode jogar na loteria.

— A senhora conhece sonho?

— Não tem segredo, é como filme, tem uns com final que a gente entende e outros não. Tem filme que a gente não entende nem o começo. Só vale se a gente entende.

A menina amassou o papel e jogou no lixinho. Eu me arrependi de falar tanta bobagem, não sei coisa nenhuma de coisa alguma. Depois fiquei pensando, estátua é sempre de alguém importante, por que não lembrei disso na hora? Alguém importante ia aparecer na vida dela, ou ela seria alguém muito vista. Ou pombos cagariam na cabeça dela, um mendigo também ia urinar no pé.

Gilsinho não sonha, pergunto e ele diz que não se lembra, acho que não fala para que eu não comece a decifrar sem parar. Para o Nelson eu nem pergunto, falar em sonho me lembra cama, só de lembrar que ele dorme com a esposa todo dia fico bloqueada. Ele me enrola não é de hoje. Gilsinho vai pegar o trabalho, ele vai para a rua e a gente vai se ver direto. Com o cara parado numa esquina, não posso ficar passando lá toda hora, já vi a mulher dele lá na lojinha de conveniência, com um nenê no colo, uma fralda sobre o ombro, usando um jeans apertado, um chinelo com salto. Muito nova para ele. Não vou alugar meu alvará para o Nelson coisa nenhuma. Decidido. Ele indo buscar a mulher para levar o nenê ao pediatra me dá gastura. Vou arranjar um contato para ele alugar, isso é o de menos. Com ele na praça, a gente gira por aí, toma cerveja em algum pesqueiro fora da cidade, coisa rápida, em meia hora já estaremos de frente para um lago cheio de peixe. Já levei muito bêbado para um pesqueiro perto daqui.

— A senhora conhece o pesqueiro do japonês?
— Claro.

Mentira, larguei o bêbado na frente de outro sítio, ele pagou e fui embora. Ele não tinha condições de saber onde estava, qualquer lugar seria tão familiar quanto estranho. Ia dormir ali, pegar carona, outro táxi. Última vez que bebi foi com o Nelson nos fundos da lojinha de conveniência, mas ele não se lembra.

oneiro

Tanta diligência com dois casos chamou a atenção do meu superior. Respeitar o rodízio de salas, eles afirmam, garante a qualidade do serviço.

— Vejo que atende os dois há mais de três anos sem intervalo, quero um relatório sobre as sessões.

— Sim, senhor.

— Você está segurando as criaturas em sonhos repetidos.

— Faço as combinações, eles não tiveram nem sequer um sonho igual ao outro.

— Escute, o tom de voz interfere no ritmo em que a imagem é erguida. O mesmo timbre pode proferir milhares de combinações, mas todas terão a mesma importância. De um mar a uma peteca, a mesma pulsação.

— E?

— E o quê?

— Preciso ir, a mãe está pra chegar.

— Hoje você não a atenderá, tantas vezes exposta à sua voz, vamos inclusive verificar se houve algum desgaste no mecanismo.

— Eu mesmo posso verificar, se me permite. Assim entregarei um relatório completo.

— Você está comprometido.

— Eles precisam de mim — argumentei.

— Farei melhor, as sessões serão supervisionadas por um avaliador.

Antes um voyeur na sala do que eu mesmo fora dela. O acordo foi o melhor possível. Fui culpado por negligenciar o cumprimento de funções biológicas dos dois sonhantes. Estranho que não dê para notar, eu diria que a mãe rejuvenesceu e o filho estoura de saúde. Mas os critérios são resolvidos em instâncias que não alcanço.

Circula um jornal no Edifício Midoro Filho, uma publicação interna chamada *Algodão*. Na capa de agosto puseram um camelo com deficiência visual, usava uns óculos de sol para não impressionar os leitores com os buracos do focinho. Ele parecia correr e saber para onde ia. Sonhar com camelo correndo significa que alguém que já aborreceu a pessoa está retornando. Nessa mesma *Algodão*, um velho oneiro se vangloria de nunca ter repetido palavras não só para o sonhante, mas para si mesmo durante o trabalho. O que usou com fulano não usou com mais ninguém.

Acho a *Algodão* um pouco moralista, na capa de abril era uma borboleta idosa, com falha nas asas. Qualquer um sabe que a borboleta representa coisas sem importância por conta de seu voo sem um fim específico. Lembrei da *Algodão* porque o sujeito que aparece no perfil desse mês é o mesmo que compareceu em minha sala para supervisionar o trabalho. Na revista ele diz que não tolera desvios de conduta no Edifício Midoro Filho. Pois que um fio fora do lugar aqui desaperta toda a engrenagem da qual somos uma arruela. Eu não ficaria mais à vontade com a mãe e o filho, teria que parecer frio no andamento, se não quisesse que eles me trocassem por outro.

Um sonhante pode exigir outro oneiro em duas hipóteses. Quando o sonhante não se adapta às condições de um oneiro, por exemplo, não respondendo às miniaturas. Nesse ponto ele aguarda uma vaga com outro funcionário, a espera é assistida por estagiários que preservam o ambiente e por isso não há nenhum prejuízo ao organismo do sonhante. Mas isso não chega a ser uma experiência do próprio sonhante, o Edifício detecta sua inadaptação antes que ele a compute e já organiza a substituição. Na segunda hipótese o sonhante mais experiente pede na recepção a lista dos oneiros e solicita uma entrevista com seu condutor. É raríssimo esse segundo, e o Edifício ainda não sabe como alguns chegam aqui com essa lucidez e propriedade. Caso essa folga se generalizasse, todo mundo chegando sem um pingo de sonolência e entrando na sala que bem entendesse, haveria realojamento em massa. Mas isso nunca estará perto de acontecer, os sonhantes adquirem autonomia com tanta lentidão, se é que adquirem, que, quando alguém alcançasse esse estágio, o seu oneiro designado já estaria em outro andar, seguindo o plano de carreira obrigatório. Tudo isso para dizer que desconfio de que mãe e filho me escolheram, apesar de nunca ter presenciado a segunda hipótese.

Na *Algodão* pude prever que meu avaliador não daria refresco. Corri para a minha sala, a fim de preparar gavetas enquanto o cara não chegasse. Assim que abri a porta, vi o avaliador sentado na minha cadeira, abrindo minha gaveta.

Pedi educadamente que ele me devolvesse o lugar de direito, ele não respondeu, fechou a gaveta sem nenhuma expressão, nenhum sinal de que teria lido minhas anotações. Eu poderia ser expulso se soubessem que anoto combinações de bichos, isso é primário, decorar o nome de vinte e cinco animais é o mínimo que se espera de um oneiro experiente. Não é falta de memória, é mania.

O avaliador levantou-se e, enquanto vestia o paletó, eu corri para minha mesa. Não seria condenado por preguiça mental, mas poderia ser por idiotia, um transtorno que leva o funcionário a lavar as mãos a cada sessão. Não que ele suje as mãos, nós nem as usamos, é um distúrbio inútil. Quase fui ao banheiro do corredor sentindo-me imundo, o calor do corpo do avaliador ficou na cadeira, invadindo meu traseiro. Ele ajeitou a gola e foi se paralisar na quina da sala feito um mancebo. Eu penduraria um chapéu em seu ombro e ele não reagiria. Abri a gaveta e os apetrechos estavam lá, pequeninos, alguns ainda embalados em plástico por nunca terem sido usados. Entre eles limão, lâmpada, lápis, lã, objetos com L. Ao fundo da gaveta meus óculos de grau, a miopia vem aumentando. Como se lê pouco por aqui, nem os coloco. Nesse caso, uma aparência professoral me daria confiabilidade, meti os óculos na cara.

A mãe abriu a porta e se ajeitou na cadeira. Ficou esperando que eu começasse, o avaliador na quina.

— Relógio verde — comecei.
— Em que horas?
— Doze para as quatro — sugeri.
— Gosto de duas da tarde.

Intimidade gera resistência, eu não podia deixar que o camarada presenciasse nossa relação antiga.

— Doze para as quatro — insisti.
— Quando?
— Doze para as quatro — disse devagar.

Estivéssemos a sós, essa senhora estaria longe com meus palpites. Emendei uma frase na outra antes que ela pudesse interagir. Isso causaria alguma desconfiança por parte do rapaz da quina, porque essa agilidade é evitada, só acontece com estagiários ansiosos e não com um oneiro do meu nível. Fui falando sem parar, em cascata. Era melhor incompetência do que vínculo.

— O relógio está na parede da cozinha — propus.
— A cozinha está num sobrado em cidade desconhecida — emendei.
— A cidade é o topo de uma ilhota — continuei.

Tiro da gaveta um pequeno mar, balanço a miniatura na frente dela, disparo frases:

— O mar está revolto.
— Nudez frontal.
— Água gelada nos pés.
— Sobrado desaba.
— Relógio marca oito em ponto.

Ia abrir a gaveta e tirar uma miniatura de despertador quando a mãe se levantou e saiu da minha sala, da nossa sala. O bisbilhoteiro da *Algodão* saiu da quina e veio em minha direção, tirou um pedaço de papel de dentro do paletó e pediu minha assinatura.

filho

Minha mãe acordou tão nervosa, revolta, que entrei no banheiro e fiquei lá sentado na privada até minhas pernas formigarem. Ela queria que eu fosse ao posto e começasse naquele instante a trabalhar como frentista. Não podia esperar mais um segundo, inclusive seria bom que eu faltasse no colégio para garantir a vaga, ela já sabia que um senhor aposentado estava prestes a ganhar o trabalho, depois eu me explicaria com o professor, ela mesma faria isso se eu achasse melhor. Liguei o chuveiro, a voz dela entrava nas gotículas que estouravam aos meus pés, mas, em vez de descer pelo ralo, evaporavam, voltando aos meus ouvidos. A coisa mais eficiente para livrar-me dela era obedecer. Saí sem comer, e, se havia alguma vantagem nesse trabalho, era o fato de ir a pé. Fica na avenida principal do bairro, moramos a duas quadras do Posto Jacaré. Eu ainda esperava o Nelson, que não havia chegado, e lá estava ela, estacionada do outro lado da rua, vendo se tudo corria conforme seus planos. A criatura acendeu um cigarro, abriu a janela e ajeitou o cabelo olhando para o retrovisor. Em quarenta minutos chegou o Nelson, é um cara moreno, baixo, barrigudo, com entradas aceleradas para a idade, que, acho, não deve passar dos trinta. Que eu saiba, entrada é depois dos quarenta, meu pai desapareceu com mais de quarenta e cabelo quase descendo a testa. Minha mãe tem calvície, e precoce. Se o vento bate, vejo o couro cabeludo avermelhado pelo sol ou tinta, não sei. Ela pinta em casa, trancada no banheiro, mancha a pia quando enxágua o pente cheio de tintura. Ela jogou a bituca do cigarro na rua e fechou o vidro.

— E aí, garoto? Hoje você fica me olhando, vou te ensinar, não tem segredo. Daqui uma semana seu macacão chega da firma.

O trabalho não parecia mesmo difícil, a questão era saber atender ao público. A boa notícia foi que eu receberia um adicional de periculosidade, porque o potencial de uma explosão que arrasasse o quarteirão estaria ao alcance do meu descuido. No mais, Nelson disse que o que eu aprenderia ali valeria para a vida, como calibrar pneus e verificar o nível de óleo e água dos veículos. Mesmo gostando de carros, nunca liguei para dirigir, aquele aprendizado ia servir, por ora, para ser frentista do Posto Jacaré.

— Sempre que terminar de abastecer, tem que oferecer serviço ao cliente, falou?

Nessa hora entendi o que era público, significa qualquer um, e qualquer um inclui débeis mentais, gente surda e cachorro dentro do carro.

— Preste atenção!

Uma caminhonete se aproximava carregando madeiras. Um homem grisalho, magro e com pintas pelo rosto. Desligou o automóvel. Sem falar nada, estendeu o braço com a chave para que alguém o servisse. Nelson enfiou a bomba na boca do tanque e ficou esperando os números, que contavam a quantidade e o preço, crescerem no visor. O tiozinho lia uma caderneta, enquanto buscava a carteira no bolso da camisa. Tirava uma nota grande quando me notou, sem o uniforme do posto, olhando para a cara dele. Desconfiado, voltou o braço para dentro, Nelson apareceu na frente dele.

— Quer que verifique o óleo do freio, senhor?
— Hoje não.
— O carro tá pesadão, gasta mais, e a água?
— Hoje não.
— Semana que vem, se o senhor completar o tanque, ganha ducha.
— Hoje não.

O tiozinho arrancou dali, Nelson disse que não podia oferecer mais que três coisas seguidas para o cliente, porque eles se irritam. Eles fingem que não estão ouvindo direito o que estamos falando e fingem até pressa para escapar, mas ouvem. Nelson garantiu que o senhor voltaria na outra semana para ganhar a ducha. Ganha-se comissão sobre os produtos vendidos, não no serviço. Mas Nelson sorriu para dizer que rolava uma caixinha vez ou outra, depende da simpatia do frentista, que eu ficasse sempre limpinho, com desodorante fresco, que aquilo não era diferente de um garçom que ganha confiança do cliente se o avental não estiver sujo de poeira. Diferente do mecânico, que ganha moral se estiver irreconhecível debaixo de graxa.

Minha mãe continuava do outro lado da avenida, com outro cigarro aceso. Um caminhão parou na frente e a perdi de vista. Quando saiu, ela secava o suor da testa com um pedaço de papel. Aquele plantão para saber se eu faria tudo certo ia nos levar à falência, o que eu ganharia no mês estava muito longe do potencial diário do táxi. Meu turno seria das seis da manhã até as duas da tarde. Eu teria que pedir transferência de turno no colégio. Sorte que os frentistas da madrugada é que lavavam o pátio de abastecimento, quando o movimento é menor. Não sei lavar chão. Mas da limpeza do banheiro eu não me livrei.

O Nelson é gerente e não o dono do Posto Jacaré. Um dia, eu ainda terei que me haver com ele, o dono. Nelson disse que o frentista deve ficar sempre ao lado ou na frente da bomba. Deixar os produtos sempre arrumados, inclusive o balde com o rodinho de limpeza do para-brisa. Mais, eu teria que ser pontual e em hipótese alguma trocar cheques dos clientes, caso o cheque voltasse o valor seria descontado do salário. Pensei, que cara de pau um tiozinho de caminhonete me pedir para trocar um cheque, mas lembrei que minha mãe vivia trocando cheque no Posto Jacaré. Meu cabelo deve estar sempre cortado, o crachá espetado no macacão, e não devo deixar crescer barba, coisa que eu ainda não tinha o suficiente para raspar. O principal, anotar numa prancheta os valores recebidos de cada cliente. A bomba registra, mas a prancheta deveria existir. Em caso de descumprimento das regras, primeiro eu levaria uma advertência verbal, em seguida por escrito, e por último seria demitido por justa causa.

Uma moça chegou a pé com um bebê de colo, Nelson deu um beijo na boca dela e ela se enfiou na loja de conveniência, que não tinha mais que refrigerante, saco de gelo, cigarro, cerveja, café e água mineral. Nelson tirou o crachá do uniforme e me deu.

— Coloca na sua roupa para não estranharem, qualquer coisa fale que é seu primeiro dia, seja simpático, já volto.

Minha mãe estava lá, desceu do carro e atravessou a avenida. Ela iria me ajudar com os clientes, assim que colocasse a mão sobre meu ombro eu iria deixá-la sozinha com a bomba. Ela precisa entender que posso fazer aquilo sozinho. Nelson deixou claro, nas primeiras horas da manhã, que os funcionários mudavam muito, a maioria não ficava, não se acostumavam ou apareciam com problema respiratório por causa dos combustíveis. Gente mole.

— Esse trabalho é sossegado, moleque, é só não esquentar.

Minha mãe passou por mim e entrou na lojinha. O sobrado tinha no andar de cima o escritório da contabilidade e o dinheiro do dia, além do banheiro que só o Nelson podia usar e certamente o tal Jacaré. Da bomba pude ver o Nelson com o bebê no colo, chacoalhando a criança, meio nervoso.

— Complete, por favor.

Uma mulher baixinha dentro de um carro enorme me deu a chave. Programei a máquina e, enquanto a gasolina entrava no tanque, vi a moça lá dentro da lojinha discutindo com minha mãe.

— Daria uma olhada no radiador?

O final dessa operação era um só, o pagamento. Eu não sabia fazer o pagamento sozinho, mas o dia ainda estava começando, a baixinha pagou em dinheiro e me deixou o troco. Minha mãe passou por mim com cara de choro, atravessou a rua onde estava o táxi, manobrou-o e veio para dentro do posto.

— Filho, lave esse vidro pra mamãe, tá imundo.

Nem ousei perguntar se ela estava bem, ela sempre está. Ensaboei o vidro da frente, dos lados e da traseira. Não dava para vê-la dentro do carro. Peguei a mangueira e dirigi o jato de água, ela limpava o choro, mas o queixo tremia. Passei o rodinho nos vidros e fiquei esperando ela olhar para mim. Assim que ela se lembrou da minha existência, fiz um sinal com a mão perguntando se estava bem. Ela respondeu com um joinha, abaixou o vidro, me agradeceu como se eu fosse, antes de mais nada, um frentista em serviço, e foi embora.

oneiro

Não envelheço como vejo acontecer com as pessoas que aqui vêm me ouvir atrás da mesa. As pessoas morrem um pedaço de dez em dez dias e sabem que isso pode ser mais rápido ainda se elas se recusarem a nos visitar. Soube há pouco que os sonhantes são aconselhados por médicos a sonhar semanalmente, pelo menos. Com risco de morrerem pior e mais cedo.

Aqui o oneiro desgasta o discurso, desgasta a voz e é mandado para reciclagem. Quando o tempo avança, muda-se a ocupação. Quando demora muito para que eu reveja um colega ou outro, sei que o oneiro foi para alguma reparação, no entanto eles nunca reaparecem no mesmo setor. Todos os oneiros são fichados, estou no arquivo oito mil e dezesseis, folha cinco.

A cada mês a *Algodão* promove um sorteio em que todos os oneiros são automaticamente participantes. O sorteio é feito no saguão do Arquivo Central, onde nossas fichas estão catalogadas, assim como nosso desempenho, onde agora mesmo foi arquivada a minha conduta com a mãe. Jamais ganhei. Um oneiro de três andares acima foi o cara mais próximo que vi receber o prêmio da *Algodão*, uma coleção de cartas adivinhatórias. Não é coerente um departamento tão sério permitir que uma publicação dê a um oneiro uma distração que a própria direção desaprova. Mas o prêmio real é o nome do oneiro na segunda página, em destaque e com foto.

A sorte é muito bem-vista pela direção. Aquele para quem o acaso é feliz, outras propriedades também o serão, como lembrar-se de um objeto de trabalho na hora certa, como calar-se enquanto pupilas quicam dentro dos olhos sonhantes.

O superior me chamou novamente.

— Você pode continuar com a mãe, mas deverá abrir mão do filho.

— Como?

— Um ou outro.

Era a primeira vez que tomaria uma decisão em relação a mim, uma força declarada por parte do chefe, uma escolha apertada e sem cabimento.

— Nesse caso, há chance de uma consulta com a própria sonhante?

Ele nem respondeu, despediu-se com a mão direita e eu voltei para o meu canto, o filho estava perto de sonhar. Ele estava com os cabelos desamarrados, não sabia que eram tão longos, cobriam o encosto da cadeira.

— Quero o mesmo.

Ele não podia dormir sem mim, aquela criatura pacata, tão provisória. Mostrei um canivete aberto.

— Sou o canivete — ele leu meu pensamento.

O mocinho não usava um canivete, ele era um. Se a pessoa sonha que recebe um canivete, é sinal de que será enganada, dar um é rompimento com alguém próximo, apenas ver um canivete significa que há uma nova paixão. Ser um canivete foi por livre e espontânea vontade do filho, ele vem melhorando. Temos uma relação honesta, se ele diz algo pertinente não o contesto. Sendo um canivete, ele seria manuseado por um homem calvo que limparia o barro das botas, depois cortaria o calo dos pés, um matuto em fim de dia, um pastor-alemão bebe água ao lado dele.

— Debaixo das unhas — ele mesmo sugeriu.
— Perfeitamente — respondi.

Não basta indicar imagens. O simples fato de eu concordar com sua criação faria sua experiência ficar mais forte e a chance de voltarmos à mesma cena seria enorme. Eu cresço com essa família, percebi com eles que a repetição garante continuidade.

— Fincado na soleira da porta — ele sugeriu.
— Confirmo.

O monitoramento não é tão ostensivo, porque isso atrapalharia o andamento dos trabalhos. Se em cada sala houvesse um vigia ou qualquer espécie que registrasse a sessão, a espontaneidade da relação se deterioraria. Foi por isso, com essa margem de erro, que não fui substituído e apenas convidado a escolher um dos dois. A margem de erro justificou meu amadorismo, que foi tão verdadeiro quanto forjado.

Se eu forneço os tijolos, ele pode muito bem olhar para a mão que os oferece. Cogitei que o filho abrisse os olhos e me visse, mas achei melhor pegar leve.

— Eu sou a moça que entra na casa, diga-me bom-dia — se ele abrisse os olhos...
— Um canivete não fala — ele censurou.
— Então, corte-me a barriga — pedi.
— Da esquerda para a direita?
— Prefiro na vertical, faça força para baixo — ordenei.

Ele deu um sorriso estranho.

— Estou parado no umbigo.
— Rebole o cabo — mandei.
— Quero ver seu rosto — ele pediu, ainda sorrindo.

— Saia da minha barriga e caia no chão.
— Pois não — ele obedeceu.
— Vou me inclinar e me refletir na lâmina.
— Não o vejo — ele disse.
— Limpe-se no carpete, você está manchado de sangue.

Tirei da gaveta uma foto do último ganhador da *Algodão*.

— Pode se aproximar um pouco mais, por gentileza? — ele pediu.

— Esse é meu limite.

— Achei que fosse mais gordo.

Guardei a revista na gaveta. Penteei meu cabelo com os dedos, dobrei a manga de minha camisa, bati um pé no outro para tirar a poeira dos sapatos. Ele continuou na sala, sentado. Um péssimo sinal, abriu os olhos e perguntou onde estava.

— Feche os olhos, menino.

Não só não os fechou, como se levantou e veio ao meu encontro atrás da mesa.

— Sente-se, garoto! — engrossei a voz.

Apertei o botão que aciona o alarme, em três segundos dois colaboradores entraram na sala e o puseram à força na cadeira. Amarraram suas mãos atrás do corpo com uma fita preta que também cobriu os olhos, um nó grosso atrás da cabeça.

— Ande, palerma, pegue os acessórios sonoros.

Claro, sabemos o protocolo, treinamos o tal, mas, quando o problema se apresenta, é uma agonia que vem em cascata, entra por debaixo da porta, molha meus pés, vai encharcando a roupa, eu me afogo.

Tirei da gaveta dois dados com sinos internos, um guizo de pelúcia que costumo associar a berço. Chacoalhei duas vezes, dei intervalo, chacoalhei mais oito, ele chacoalhou a própria cabeça, eu aumentei o ritmo e ele seguia o meu guizo, o corpo amolecido, os colaboradores o puseram de volta, sentado, com as pernas frouxas, decadente. Não gosto quando o sonhante chega a esse ponto, é o desarranjo das imagens. Ou falta sentido ou o sentido é doloroso.

Na *Algodão* de janeiro li um caso de pesadelo nível quatro, quando a dor é física e é preciso que a pessoa seja imediatamente posta para fora do Edifício Midoro Filho. O nível máximo é o seis, a pessoa não sai mais do departamento, é alojada numa sala refrigerada, sem contato com oneiros, há cuidados intensos para que suas funções orgânicas não entrem em colapso, de sete em sete dias um colaborador desse setor diz palavras familiares ao ouvido da criatura. Há palavras que são familiares a qualquer um, é um trabalho fácil, costumam ficar nessa ala os oneiros menos competentes.

No nível um nem é preciso chamar ajuda, há uma placa de cor preta que botamos diante dos olhos da pessoa, ela costuma voltar ao normal e o sonho prossegue. No três, a placa preta é intercalada com uma branca, esse método induz um pisca-pisca mental, uma sirene cromoterápica capaz de trazer a pessoa de volta, o problema é que há algumas sequelas, algumas imagens não poderão mais ser induzidas sob o risco de a crise voltar. No cinco, a sirene não resolve, nem sino, se faz um choque ao tato, um colaborador tenta ajustar o sonhante com gelo nos pulsos, o choque de temperatura também traz sequelas, o sonhante fica quarenta meses sem sonhar e esquece tudo o que já sonhou.

O que a *Algodão* revelou na última reportagem foi que a predisposição para o pesadelo não é somente do sonhante, mas do oneiro. Defende a atualização das cartelas de objetos que acompanham as novas imagens trazidas a cada dia por um sonhante de sua experiência fora do Edifício.

No caso do filho, o nível foi dois, o suficiente para que ele comece uma insônia e a gente se perca um do outro por uns dias.

mãe

Tenho estranhado o Gilsinho. Ele aceita tudo com tanta mansidão, mas alguma coisa está deixando esse menino mais forte, ele faz o que peço, mas não é mais como antigamente. Ele temia minha voz, minha aproximação, ele está ficando superior. O corpo já poderia me surrar até a morte. Ele já poderia me abandonar por justa causa. Ele já podia ter percebido que sou confusa o suficiente para achar que um aborto ainda é uma possibilidade. Eu o mataria no meio de um descontrole, com um tiro certo, caída no chão depois de um telefonema como o que acabei de receber.

Nelson me disse que fica com o garoto, mas não comigo. Que comigo nunca mais, que tem a criança e a mãe da criança que ele ama desde ontem. Meu filho não é um dado que ora eu coloco no tabuleiro ora guardo numa caixinha dentro do criado-mudo. Gilsinho veio me dizer que tem pensado muito no pai dele, que o emprego que eu arranjei é péssimo, que estudar à noite depois de estar entorpecido por gasolina não pode ser um projeto materno. Que tem ficado com dores de cabeça, que os comprimidos não dão conta e são muitos. Que tem demorado para dormir, está insone, que não lavará meu carro de graça só porque conheço o Nelson, que ele não é bobo. Diz isso tudo com uma calma perigosa. A superioridade da juventude misturada com a espera do velho da cadeira de balanço, tudo pode acontecer, até os imprevistos são esperados e apartados na sua fúria inicial.

Toda semana levo alguém para um edifício na praça da Sé, dizem que há uma cartomante fortíssima, é cara, mas compensa. Peguei uma terça pela manhã para dar uma passada lá. Logo na portaria fui orientada a subir pela escada, era no segundo andar. Os degraus tinham manchas escuras nas quinas, o corrimão era de latão e deixou um cheiro de ferrugem nos dedos. No andar havia quatro portas comerciais, um consultório dentário, a mística, um escritório de contabilidade e outro dentista. Como tem dentista na cidade. Bati na porta do consultório místico, atendeu uma menina magrinha, com lenço na cabeça e o buço por fazer.

— Hora marcada?

— Não marquei, mas, se tiver um encaixe...

— Entre.

Na sala havia mais duas mulheres, mais ou menos da minha idade. Uma estava louca para conversar. É a primeira vez? O que você faz? É viúva? Tá chovendo lá fora? O bom é que a chata virou cliente, ela me esperaria para que eu a levasse para casa, num bairro que já foi rico e deixou de ser há pelo menos oitenta anos. Quando ela entrou, pude finalmente pensar nas perguntas que iria fazer, pude pensar em silêncio até que o vizinho iniciasse a restauração na boca de uma criança. O motor era intercalado com o choro infantil e uma risada adulta. Motor, choro e risada numa mistura aguda. Minha cliente saiu de lá de dentro depois de quarenta minutos. Eu não tinha vida para ficar num dia de semana esperando e pagando para ouvir conselho, meu táxi estava estacionado na rua, eu tinha que trabalhar, mas era tarde demais. Entrei um pouco nervosa, as velas acesas deixavam sombras no baralho e no rosto da cartomante, uma senhora com rosto fechado, um xale caindo pelos ombros, a pontinha quase varrendo o chão.

— Seu nome, filha.
— Maria Aparecida.
— Corte o baralho.

Cortei incontáveis vezes, ela fez mandalas e cruzes com as cartas para me dizer, em resumo, que minha vida estava prestes a mudar, entraria uma herança, alguém do passado voltaria com uma notícia, na vez do meu filho o consultório dentário vizinho ligou um motor e só pude ler os lábios dela. O menino estava apaixonado por um homem. O dentista vizinho desligou o motor e pedi que ela repetisse.

— Está aqui, seu filho está envolvido com um homem.

Paguei a charlatona e saí. Minha cliente percebeu meu estado, a magrinha trouxe um copo com água e outra pessoa entrou no apartamento. Eu precisava de ar. Nelson estava cantando meu filho, aquele vagabundo ia tirar as mãos da minha criança naquele mesmo dia, porque eu o atropelaria junto com a bomba de gasolina, iria explodir o quarteirão. Minha cliente disse que eu não tinha condições de dirigir daquele jeito, que ela me levaria para casa e depois pegava outro táxi. Dei a chave para ela, acendi um cigarro para não vomitar no tapete limpo.

— Ela viu morte?
— Viu.
— Gente próxima?
— Um amigo vai morrer por esses dias.
— Mas você acredita mesmo?
— Acredito em mim, e eu estou dizendo que um amigo vai morrer por esses dias.

A mulher foi perguntando e me acalmando, a ponto de me pedir que encostássemos rapidamente no supermercado para ela pegar algumas coisas, se eu não me importava, lá dentro havia um café, ela me pagaria uma xícara pelo favor. Topei. Ela comprou frutas secas e vinho branco, eu aproveitei e passei um pacote de polvilho azedo, o Gilsinho adora um biscoito que faço de vez em quando. Na saída do supermercado eu peguei a direção de volta, deixei a cliente na porta da casa dela e ela ficou decepcionada porque cobrei a corrida. Despediu-se meio chateada, eu disse adeus. Tinha muito que trabalhar ainda.

Resolvi que vigiaria Gilsinho, investigar esse envolvimento, porque a cartomante podia ter se enganado, podia ser amizade e não assédio. Num cruzamento entrou um menino da idade do Gilsinho.

— A senhora me deixe na porta da faculdade do sul, na entrada de cima.

O rapaz também tinha as olheiras do meu filho, parecia perturbado.

— Vai estudar?
— Não, vou trabalhar, eu sou do xerox.
— E tem dinheiro pra pagar o táxi?
— Faço uns bicos, pode ficar sossegada.

Deixei o rapaz na porta da faculdade e entrou um casal, iam ficar num hotel perto da praça da Sé, de onde eu havia passado a pior tarde da semana. Eles ficaram num poleiro onde devia morar a moça toda noite. Ela ainda estava com uma mochila de estudante. Deram uma nota alta e me deixaram o troco, agradeci. Nada como o trabalho para salvar vidas, eu não mataria Nelson naquele mesmo dia. Talvez eu voltasse à cartomante para esclarecer a situação, perguntar eu jamais perguntaria. Gilsinho, meu filho, o Nelson quer namorar você? Gilsinho não é mais criança e nunca trouxe menina para casa. Ele que namore quem ele quiser, não o Nelson, o Nelson é meu. Alguém bateu no vidro em pleno farol vermelho, eu dei sinal de que o táxi estava livre e entrou um homem bem vestido e calmo. Ele iria para um pavilhão enorme na marginal da cidade, chegando perto vi os letreiros na entrada, era uma feira de produtos para dentistas, como há dentistas na cidade. Ele desceu e quase lhe pedi que voltasse para dentro do meu táxi, a presença dele me devolveu alguma coisa. Retornando para o Centro, queria pegar mais dois ou três passageiros, notei que ele havia esquecido um envelope. Não tive dúvida, dei meia-volta, na porta da feira a entrada era o preço da corrida que ele me havia pago. Achei de bom tamanho dar alguma alegria ao moço devolvendo o que era dele. Assim que entrei, o lugar era muito maior do que parecia. Desisti, seria impossível encontrar o homem. Descobri-me exausta, eu precisava ir para casa, jantar, dormir.

Gilsinho estava no colégio, tirei a roupa, botei água para ferver e abri o envelope do rapaz. Era uma escritura de compra e venda de um apartamento. O papel era bonito, um apartamento em bairro de gente bem-nascida. Teodora Fonseca vendia para Benício Amaral. No dia seguinte, a primeira coisa que faria seria deixar o envelope na portaria do prédio, o rapaz teria uma surpresa. Dormi com o envelope em cima da minha barriga. Surpresa fiquei eu ao perceber que Gilsinho não havia dormido em casa. Ainda de pijama, entrei no táxi e corri para o Posto Jacaré, parei em frente. Meu filho estava lá, de macacão, olheiras de insônia. Nelson atendia um carro e parecia um pai de família. Gilsinho me viu e atravessou a avenida, enfiou o rosto dentro do carro.

— Mãe, o Nelson disse que posso completar o seu, vem!

oneiro

Marquei consulta com uma vidanta. Peguei o contato na *Algodão*, sigilo completo e previsão válida por doze meses, eu precisava saber o que seria da minha situação nas cartas dela. Perguntar sobre a mãe e o filho e ver o que ela enxergaria no tarô. A vidanta custa caro, é uma troca de serviços não revelados no ato, que poderão ser requeridos por ela a qualquer momento futuro.

Tentar dormir e sonhar com o sonhante? Claro que já pensei nisso, o custo é alto. O Edifício Midoro Filho nem mais proíbe, porque descobriu ser impossível segurar um viciado nele mesmo. Optou por permitir que alguns se estatelem no processo e o exemplo da degradação inibiria sensatos como eu.

Nessa brincadeira o oneiro perde sua sala, a concentração habitual e necessária é diminuída, porque ele passaria a ter do que se lembrar. O sonhante não pode lembrar-se de nós, mas nós não nos esquecemos. E lembraríamos do sonho enquanto trabalhássemos, fazendo lambança com objetos fora das cartelas, até que a avaliação mensal nos designasse para trabalhos menos dignos.

Vidanta para mim é o suficiente. Um oneiro vai a uma vidanta para que ela o ajude a se olhar, já que sonhar não é possível. Tenho que escolher mãe ou filho segundo o superior. A vidanta não nos vê nas cartas, vê os sonhantes que atendemos, o que dá na mesma.

As vidantas são ex-oneiras. Temos refeitórios, onde nos servem leite a cada três sessões. Seria mais prático se as serventes andassem pelos corredores com carrinhos cheios de copos com leite etiquetados com nosso número. Mas acham saudável estimular o contato entre oneiros e o leitinho é a chance de algum comentário, uma troca de duas palavras. Conclusão, leite atrai cozinha, que atrai pia de louça, que atrai lixeira, que atrai alguém que a carregue. Vidantas também podem ser ex-cozinheiras que quebram copos de vidro e escondem os cacos que cortam as mãos de quem os carrega. Um fio fora do lugar nos tira da linha nesse departamento. Ser vidanta é a última ocupação possível, a mais baixa da hierarquia.

Houve um vidanto, ex-oneiro, que bebia o resto de leite dos copos e engordou tanto que a lentidão era cada dia maior, foi dispensado. Num afastamento do trabalho mais simples, resta o charlatanismo.

Embora publiquem artigos que combatem o esoterismo na *Algodão*, não deixam de publicar seu endereço na página de classificados. Quis a vidanta 22, a mais experiente. Ela atende todos os dias, consegui consulta para duas semanas depois, tem muito caboclo roendo unha nesses corredores.

Atenção, concentre-se no assunto que o trouxe. Deixe nos bolsos qualquer objeto de trabalho, não mostre à vidanta um nome escrito. O tarô da 22 foi reconhecido como o mais próximo da realidade. Mantenha-se quieto e aguarde ser chamado. Li isso na tabuleta antes de pegar minha senha, havia dois oneiros na minha frente, um deles acho que trabalha no meu andar, mas ele esconde o rosto com a mão, a mão é que se parece muito com a mão do colega. Ele foi chamado e saiu dando as costas. A vidanta 22 atendia nos fundos da despensa do refeitório, um corredor largo com prateleiras do chão ao teto recheadas com latas de leite em pó. Latas não, latões de cinco quilos, gordos e de alumínio. A ex-cozinheira, ou ex-misturadora de pó solúvel com água, ficava na primeira quina à esquerda, as estantes tinham cerca de quatro metros de extensão cada uma. A cada quatro metros havia um espaço de passagem e depois outra estante de quatro metros se iniciava, numa dessas ruelas estava sentada a vidanta de saia rodada, lenço no pescoço, cabelão solto, um batom inventando boca num rasgo curto.

O sujeito ficou um bom tempo com ela, depois saiu pelo corredor paralelo àquele em que eu aguardava, outro foi chamado. Eu não ia demorar, minha questão era uma: mãe ou filho? Qual dos dois estava nas minhas cartas?

Minha vez. Sentei-me com pressa, botei e tirei os cotovelos da mesinha e fui direto ao assunto.

— Filho, você está sendo mais influenciado por eles do que eles por você.

Essa resposta não dizia nada.

— Vejo que está se prejudicando, nossa condição não é compatível com a deles. Escolha uma carta. Olhe aí, a cabra adormecida. Corre o risco de ser tragado por eles, e mais, se atender só os dois e mais ninguém, eles se esgotarão com você e o destino dos três é a paralisação. Sabe o que significa isso, filho?

— Uma cabra dormindo.

Ela ignorou meu comentário e disse que, se eu ficasse paralisado, ia terminar como ela. Acalmei a vidanta explicando que eu atendia outras pessoas também. Depois falei a verdade, qual dos dois posso ter quando quiser e se corremos algum risco, porque eu sabia que eles topariam minha proposta, ficar comigo no

Edifício Midoro Filho o tempo que eles pudessem, um dos dois. Queria saber como é a vida deles sem mim, o que fazem depois que saem da minha sala, uma vidanta competente veria isso no baralho. Tirei duas cartas, saiu um chapéu e na outra uma chuva branda.

— Uma chuva e um chapéu para a mãe, essa senhora usa um chapéu de homem, ela esconde algum segredo do marido. O marido é o dono do chapéu, ela finge perto dele, mente, sabe mais dele do que ele dela. A chuva fina só confirma o chapéu, significa sucesso lento. Tudo na vida dessa mulher é devagar.

A vidanta é a única fresta por onde olhamos a vida do sonhante, e nem podemos ter certeza de que o que ela nos diz é sério e honesto. Não há provas, apenas tendências, e tendências qualquer um tem.

— Tudo indica que a vida da mãe pede sonhos específicos, o oneiro precisa entrar com cavalos para aumentar o vigor da senhora e caçambas para que ela empacote o segredo de forma única, tudo cabe numa caçamba. Trabalhe por dois meses com cavalo e caçamba, oriente-a para que o segredo seja içado e logo depois deixado em local desconhecido e escuro, assim tudo voltará ao seu lugar. Se o oneiro não fizer isso, a deixará insatisfeita e ela recusará entrar em sua sala. Eu tenho uma caçambinha no bolso do avental, se quiser...

Peguei a caçambinha de plástico e enfiei no meu bolso. E o filho? Tirei mais duas cartas: um garfo e uma gaiola.

— Garfo... esse mocinho está represando a força sexual, mas terá um sucesso galopante que ainda não pode prever, nem as videntes que a mãe dele procura podem enxergar, é um sucesso embrionário e será imenso. Como a gaiola está vazia, o filho perdeu algum afeto recentemente, o que confirma o garfo. Para o rapaz, o oneiro deve tirar sua angústia, mostre muita escumadeira, pegue na cozinha, quanto mais industrial melhor. A escumadeira fará o serviço de tirar o que está boiando, o afeto que ele perdeu. Nada pode preencher a gaiola agora, pode deixá-lo mais confuso e arredio ao sonho. Ou o sonho cumpre seu papel, filho, ou babau.

— Com qual dos dois devo ficar?

Tirei uma carta, um mágico.

— Filho, decepções com qualquer um dos dois. Você precisa de alguém que tenha uma vida de movimento e precise de sonhos com rotas e mapas. Vejo que o filho se engalfinhou com dois parasitas. Quanto mais parada a vida do sonhante, mais trabalho tem o oneiro. Nenhum dos dois é pra você, saia dessa.

Só um copo de leite me prepararia para mais uma noite. Passei na cozinha e não achei escumadeira grande, fui ao almoxarifado do Edifício Midoro Filho, fiz o pedido, ficaram de me entregar em algumas horas. Corri para o meu posto.

Encontrei minha sala sem a cadeira, sem mesa, era um quadrado vazio. Fechei a porta e fiquei ali, parado, tentando entender, ainda com leite na boca, se estava sendo punido por consultar uma vidanta. Ou por pensar sugerir uma escumadeira em tamanho normal. Se estão de olho em mim, sabem meus passos, evidente. O pulha que vigiou minha sessão entrou sem bater.

— Transferência.

Fui encaminhado para outro andar, depois para outro, assinando fichas em cada setor. Carimbei papéis, colei selo com minha saliva, tudo quieto. Qualquer coisa que eu dissesse ia complicar minha vida, a vidanta estava certa. Os dois estavam me dando azar. Um cara de gravata curta me pediu que ficasse na frente de uma câmera fotográfica coberta por pano preto. O flash bateu na minha cara e ele disse que eu sairia na *Algodão* do mês seguinte, mas não sabia dizer em que seção. Já era, de novo, a hora do leite, fui direto ao refeitório, não tinha muita gente. O oneiro que foi atendido pela vidanta antes de mim se aproximou.

— Ela deu uma caçambinha pra você também?

filho

Minha mãe resolveu fazer vitamina de abacate pela manhã, inventou que estou magro demais, preciso ter mais carne para enfrentar o Posto Jacaré. Eu disse a ela que tomasse também, a pele dela estava murchando, amarelando perto da boca, onde ela arranca pelos com a pinça. Ela não está legal, tem dormido mais do que o habitual, ontem não foi trabalhar, não escovou os dentes, eu mesmo peguei o abacate maduro e espremi com um garfo até virar papa, ela comeu agoniada. Saí correndo antes que eu tombasse sugado por ela. Ontem mesmo ela pediu que eu amassasse melhor o abacate com o garfo porque ela ia colocar a pasta no rosto. Foi dormir verde, borrou o travesseiro com o óleo daquilo e a fruta já marrom, oxidada.

Nelson estava me deixando cada dia mais livre.

— Só não relaxe, atenção com a bomba, é tudo inflamável, moleque.

Hoje ele perguntou sobre minha mãe, respondi que ela estava de cama, ele ficou olhando para minha cara, esperando mais notícia, dei as costas e fui atender uma moto.

— Completa.

O cara desligou o motor e senti sua respiração, que saiu quente de dentro do capacete, ele virou o rosto e espirrou. Na garupa havia uma gaiola amarrada, vazia, de madeira bem fininha, com hastes trincadas. Depois do almoço, o mesmo cara voltou, sem a gaiola.

— Trocaria um cheque, chefia?

Chamei o Nelson, não ouvi a conversa, sei que fizeram algum acordo porque o motoqueiro deu uma buzinada de camarada. Liguei em casa, o telefone chamava, ninguém atendia. Ela devia estar dormindo feito uma pata debaixo do abacateiro. Não deram dez minutos, o motoqueiro voltou.

— O problema foi no garfo, precisa trocar a sanfona.

Nelson e o Gaiola eram amigos e eu perdendo meu tempo. Nelson foi com ele até o lugar em que trocamos o óleo, e começaram a desmontar a moto, tirando o garfo e a sanfona. Uma fila começou a se formar atrás de mim, uma chuva caía forte e inesperada. Nelson veio correndo ajudar.

— Hora que aliviar, ajude o cara lá a lavar as peças da moto.

Limpei até o assento com álcool, lavei as mãos e voltei para casa. A madame nem perguntou por que eu estava em casa e não no curso técnico de propaganda. Ela abriu uma cerveja e ligou a televisão, o noticiário mostrava uma turma de motoqueiros debaixo de um viaduto se protegendo da grande chuva que havia alagado a cidade. Ela ainda tinha o abacate no rosto, dessa vez esverdeado e mais homogêneo, era pasta nova.

— Já estou melhor, não precisa perguntar nada.

Desconfiei que o problema da angústia dela fosse eu, desde que comecei a trabalhar no Posto Jacaré ela ficou mais agitada, a voz ora estridente ora tão baixa que preciso pedir que ela repita. Ela desligou a televisão e me ofereceu cerveja, peguei um copo na cozinha e me sentei ao lado dela.

— Tem a manha de comprar mais duas garrafas?
Comprei na padaria, levei frios para acompanhar. Cheguei ela havia lavado o rosto, que ficou mais fresco depois de tanto abacate. Abri o presunto, botávamos as fatias inteiras na boca, goles de cerveja gelada, ela começou a chorar, deitou a cabeça na minha perna. Fiquei imóvel para deixá-la mais confortável. Peguei o controle da televisão, procurando alguma fala para animar. Ela voltou a sentar e botou a mão no meu joelho, sem tirar o olho da tela.
— Daqui a pouco entra um neto aí por essa porta.
Botei mais cerveja no copo dela, para ver onde ela ia chegar com isso.
— Já pensou eu, vó?
— Ia ser louco.
— Arruma uma menina bonita, pra ver se a gente melhora a geração.
— Tô sossegado.
Ela pegou a última fatia de presunto e encolheu as pernas junto ao corpo e voltou a chorar. Ali tomei uma decisão, no dia seguinte iria ao colégio, conversaria com o professor, explicaria que havia faltado alguns dias porque estava arrumando um emprego, que agora eu era frentista de posto, precisava estudar e minha mãe estava desempregada. Meu pai aqui teria dado uns tapas nela, que ele era bom nisso e não tinha delírio com cerveja.
No Jacaré, Nelson voltou a perguntar sobre minha mãe, respondi que estava bem, ele me consolou com um tapa nas costas, como se ela tivesse sido atropelada por um ônibus. Ele me chamou para ir ao escritório que fica no andar de cima da loja de conveniência, abriu uma gaveta e tirou um bolinho de dinheiro.
— Teu primeiro salário.
Botei no bolso e desci, Nelson contratou mais um frentista, o trabalho estava mais tranquilo, antes nós dois não poderíamos

ter subido e nos ausentado do pátio de abastecimento. Uma senhora num carro vermelho parou muito antes da bomba, acenei para que ela viesse mais para a frente, ela não se mexia, aproximei-me do carro e percebi que ela era bem velha. O carro morreu ali, a gasolina terminou a trinta centímetros da bomba. Empurrei o carro, a velha gritou lá dentro.

— Não toque em mim!
— A senhora não vai abastecer?
— Preciso ir ao banheiro, pelo amor de Deus.

Abri a porta do carro, dei a mão para que ela se apoiasse.

— Não coloque a mão em mim.

Recolhi minha mão e olhei para a loja, Nelson estava repondo refrigerante na geladeira. Assobiei, ele largou as garrafas e, enquanto se aproximava, a velha se desentalou sozinha de dentro do carro e deu as costas em direção à loja. A velha estava mijada e cagada, só senti o cheiro forte quando ela saiu do carro, como se o carro é que tivesse expelido merda e urina. Empurrei o carro com uma mão na direção, o novo colega ajudou e livramos a fila da bomba. Nelson indicou o banheiro, a velha praticamente tomou um banho na pia, saiu com o cabelo molhado, a roupa mais ainda. Nelson ofereceu água, pediu um telefone para poder avisar algum familiar de seu estado. A senhora ficou ali o dia inteiro, quando saí ela ainda estava lá, esperando o filho ir buscá-la.

— Preciso de uma bolsa de estudo, não posso pagar.

O professor nunca havia me dado um bom-dia, assinei uma solicitação, eu poderia assistir às aulas até o começo do próximo mês, nesse ponto a mensalidade deveria estar paga para que eu continuasse. Conversei com o Nelson sobre o colégio.

— Mãezinha tá melhor?

Uma Kombi chegou com três homens na frente, a parte de trás era adaptada, labaredas em volta do nome Ká Lanches, contornando as janelinhas.

— Arranjaria uma torneira, parceiro?

Os caras queriam encher um galão, certamente lavariam a louça da lanchonete. Quase terminando de encher, Nelson encostou em mim e disse que ia ver com o dono do Jacaré se podia dar uma ajuda no meu estudo, eu era boa gente e ficar mais educado era bom para o estabelecimento.

— É propaganda, né?

Entreguei o galão, o cara do meio apanhou do porta-luvas uns sachês de maionese.

— Pegaê!

Levei para casa, catei meus cadernos e, antes de eu ir para o colégio, minha mãe passava a maionese no rosto, nem precisei perguntar.

— Hidrata, filho.

No colégio, soube que no semestre seguinte teria aula de fotografia, o estúdio era atrás do galpão de ginástica, câmeras, panos, até as meninas já se ofereceram para segurar margarina. Se eu aprendesse, podia fazer foto no Jacaré, tanto cliente por hora, a pessoa não precisaria nem sair do carro.

oneiro

Estranhei que, nas últimas duas horas, nenhum sonhante tivesse entrado em minha sala. Aproveitei para erguer a persiana e olhar a rua lá embaixo. Um vaivém constante, teto de lona das barracas, praça crepitando, catedral com as portas fechadas. Na avenida há duas paradas de ônibus, uma fila imensa aguardava o transporte para o subúrbio, que chegava de hora em hora, aquela linha de gente na calçada atrapalhava pedestres que se dirigiam aos bancos, farmácias, atacadistas de doces, só perdendo para o correio, onde pacotes e envelopes entram numa velocidade espantosa, todos vizinhos do Edifício Midoro Filho. E ninguém vê esse obelisco espelhado, assim como Napoleão não é par ou ímpar porque essa propriedade não é aplicável, o Midoro Filho não é visível ou não visível, isso não é aplicável.

Alguém bateu na porta, fechei a persiana rapidamente e me sentei.

— Entre.

Era o oneiro da sala vizinha, com a gravata amarrotada na ponta.

— Não é estranho? Há mais de duas horas ninguém entra no Midoro Filho.

Ele sentou na cadeira do sonhante e ficamos mudos diante daquela possibilidade.

— Teria coragem?

— De te mostrar miniatura? — respondi.

O colega se levantou, fechou o paletó escondendo a pontinha da gravata, foi até minha janela, alargou o espaço entre duas lâminas da persiana, a luz entrou em seus olhos e percebi que eram mais claros.

— Na minha sala não tem janela.

O colega soltou as lâminas da cortina até que nenhum sinal do dia entrasse na sala. Deu um sinal com os dedos em despedida e saiu. Eu voltei para o meu parapeito. Uma briga começava na porta de uma loja do outro lado da praça, um moleque tirava uma bolsa da mão de outro moleque, um rapaz saiu do comércio e deu um tapa que o fez soltar a bolsa, o outro atravessou a rua numa calma incomum para a sua idade e foi para o fim da fila do ônibus que vai para São Assis, lugar bem longe daqui.

Outra batida na porta, a pessoa entrou, eu ainda estava em pé com a luz do dia na cara. Um contínuo passava pelo corredor entregando novas miniaturas. Desconfio que a distribuição seja injusta, o rapaz começa no primeiro andar e vai subindo, até que chegue aqui as melhores já foram. Nas prateleiras de cima do carrinho já não havia nada, ele tirou uma da prateleira mais baixa, já perto da rodinha. Saiu sem dizer nada, dei um visto numa prancheta. Fui para a minha cadeira, onde analisaria meu novo apetrecho, tratava-se de uma roda-gigante desdentada. Contei quantas cadeirinhas ela deveria ter se estivesse inteira, vinte e cinco. A rodinha tinha oito e mal distribuídas, cinco estavam de um lado, três de outro. Guardaria a roda-gigante para a mãe ou o filho, o primeiro que viesse. Um agrado de que eles nunca saberiam, serem os primeiros a receber a sugestão da rodinha.

Botei a guarnição na gaveta e voltei para a janela. O ônibus São Assis finalmente parou no ponto, estava cheio, os passageiros desciam com pressa, loucos para tomar o ar do Centro. Depois de um senhor de jaqueta em pleno verão saiu a mãe. A mãe estava atrás do cara de jaqueta. A criatura parou na calçada, olhou aqui para cima como se contasse quantos andares tem o Edifício Midoro Filho, mas eu não me enganava, mesmo que o olhar estivesse na minha direção, ela devia estar contando os andares do prédio vizinho. Atravessou a praça, olhou para o relógio de pulso, foi até a porta da catedral, sentou num degrau fora do sol, olhou de novo para o relógio. Um homem sentou-se ao lado, comentou qualquer coisa que ela negou com a cabeça, o homem insistiu, ela negou outra vez e se levantou. Desceu os degraus com pressa, balançando a barriga dentro de uma blusa fina e florida, um chinelo com brilho. Entrou no atacadista de doces, ficou ali pelo menos vinte minutos, saiu com um pacote que eu conheço de longe, uma embalagem de papelão com um desenho de maria-mole sorrindo. Foi para a fila do São Assis. O ônibus já estava recebendo os hóspedes, ela sumiu lá dentro. Vê-la de cima a fez tão menor, pior que ser mais uma, era menos que isso, vacilante, sem simetria na ação, sem beleza no desenho de andar, marmota. Bateram na porta.

— Ainda nada?
— Aqui ninguém entrou.
— Um leite?

Fomos ao refeitório, os oneiros estavam lá em peso, todos conversando com os copos cheios, bobeasse só eu e o vizinho estávamos em sala. Um entra e sai da cozinha com os carrinhos recheados com copos de leite. Os caras pegaram a miniatura e saíram em massa de seus postos. Alguém tirou do bolso a rodinha-gigante desdentada e mostrou para um colega, que inibiu a exibição, as miniaturas não devem sair das salas. Comecei a ficar preocupado com aquela ociosidade coletiva, um fato inédito.

— A gente precisa parar de achar que o Edifício Midoro Filho é o centro — disse um colega.
— Como assim? — perguntei.
— Não há outros edifícios na avenida? Um deles pode fazer o que a gente faz.

Achei o vizinho um pouco alterado, logo mais estaríamos todos. Resolvi voltar para o meu ninho. No elevador, o ascensorista me entregou a *Algodão* do mês. Ótimo, eu não me jogaria da janela, teria um lazer. Na capa, um avestruz com óculos para miopia deixando os olhos largos e gordos. Um cachecol no pescoço, carregava uma mochila escolar.

— Essa tá boa, saiu o calendário do ano, tem adesivo na última página para colar nas gavetas.

As matérias principais discorriam sobre as tendências para o inverno, quando a noite é maior e temos mais trabalho. Adiantaram algumas miniaturas como goiaba, fonte francesa, lanterna e espiga de milho. Nada empolgante, que estimulasse um oneiro. O vizinho entrou na minha sala sem bater.

— Já foi na página setenta?

Com essa inquietação era melhor ir à página setenta antes que ele dançasse na minha frente. Havia uma seção diferente, fotos de oneiros, sua classificação no Edifício Midoro Filho e uma observação, uma mudança nessa mesma ocupação que entraria em vigor imediatamente.

— Nós fomos rebaixados!
— Nós quem? Não estou me vendo.
— No penúltimo quadradinho.

Eu estava no penúltimo quadradinho, o rosto mais jovem, sério. Pelo meio da página, meu vizinho. A observação: "Favor deixar a sala, encaminhar-se para o refeitório e aguardar informação".

— Todos os caras que estavam no refeitório foram rebaixados?

— A gente vai saber descendo.

No refeitório estávamos eu, o vizinho e um solitário de braços cruzados esperando a tal informação. O cara não era oneiro.

— Os senhores, por medida de segurança, vão procurar função por aqui, podem lavar copos, ferver leite ou inventar o futuro dos oneiros.

O cara se referia às vidantas, ele sumiu e eu não lavaria louça nem mexeria com fogão. O vizinho se dirigiu para um tanque dentro da cozinha. Fui atrás da vidanta. Ela estava no mesmo corredor da despensa, sozinha, embaralhando cartas.

— Avisei, filho, mexer com parente é atraso.

Ela se lembrou de mim, do meu caso, e não gostou de eu estar ali.

— Dá pra te ajudar pouco, mas, se quiser, pode me ver atender um ou dois oneiros e dê área.

Demorou até que um descesse para ver o futuro, antes o colega saiu da cozinha com touca e avental. Queria uma consulta. A falha dele foi mostrar a mesma miniatura para os sonhantes, ficou fissurado num barco azul ao qual faltava a proa, um barquinho comido. A vidanta foi logo avisando que um oneiro sem um sonhante não tem futuro a prever, desisti da consulta, já que eu também não ia ter nada.

mãe

Não que eu achasse possível o Gilsinho ter um caso com Nelson, mas perdi o rumo com essa imagem. Quis voltar à cartomante para confirmar ou ver se a previsão já teria mudado. Olhei para o táxi na garagem, liguei o motor, meu rosto no retrovisor ainda estava com a sombra debaixo dos olhos, um chumbo que eu não tinha, não há fruta que rejuvenesça um metal. Passei na rua do Posto Jacaré, meu filho estava de macacão vermelho, boné azul, pálido, esperando a mangueira encher o tanque de um carro, mais dois atrás. Resolveu que vai pagar suas despesas sozinho, acho que ele está certo, ele precisa se virar e saber seu lugar. Nada do Nelson aparecer, o farol abriu, fui para o Centro. Lembrava do prédio, lá eu me lembraria do resto.

Uma mulher deu sinal, parei.

— Está vago?

Acenei que sim, ela entrou com o pulso cheio de sacolas de supermercado. Uma corrida por perto, certamente.

— Quanto você faz pra me deixar no Jardim Galo?

Jardim Galo era, por baixo, a vinte quilômetros dali. Já

havia ligado o taxímetro, já estava cobrando pelo orçamento. Propus o preço de tabela, sairíamos do município, era na divisa. Continuei o caminho, ela topou sem muita opção.

— Meu filho é quem vai te pagar.

Parei no farol amarelo.

— Seu filho está te esperando?

— Ele é acidentado, não sai de casa, não tem uma perna, pode ficar sossegada.

Perto do Jardim Galo, ela refez o rabo de cavalo, esticou o rosto com as mãos, ouvi abrir as sacolas, olhava as compras, parecia contar os itens.

— A senhora é nova para um filho adulto.

— Ele não é adulto não, tem onze anos.

Parei no 230 da rua Armando Silva, uma casa térrea, estreita, portão com grade, uma lona esticada por dentro, não dava para ver o interior. Ela desceu e tocou a campainha, alguém abriu uma fresta, ela ajudou o menino, numa cadeira de rodas, a sair. O menino ficou olhando para mim, não tinha mesmo uma perna. O rosto redondo, cabelo sem corte, orelhas abertas, vestia bermuda que cobria o corte da perna. A mulher deixou as sacolas lá dentro, saiu empurrando a cadeira do filho, trancou o portão.

— Agora a gente volta para onde me pegou.

— Deu sessenta até aqui, depois é outra história.

O menino desapertou um cinto e o puxou, o que trouxe, das costas dele, uma pochete. Tirou sessenta em moedas e notas miúdas, deu para a mãe, que me repassou.

— Fecha quarenta pra voltar? A senhora vai ter que voltar mesmo.

Recusei-me a ajudar a enfiar o moleque com cadeira de rodas no carro, a mãe fez tudo sozinha, abri o porta-malas para guardar a cadeira dobrada. Deixei a família infeliz na esquina de uma avenida movimentada e fui almoçar em casa. Trancaria o táxi na garagem para não correr o risco de pegar passageiro. Fui para o ponto de ônibus, que demorou quase uma hora para encostar, sem problema, eu tinha o tempo dos doentes. Da janela vi o filho, na cadeira de rodas, passar de carro em carro pedindo dinheiro no farol, o menino tinha experiência com a cadeira, a fazia girar em duas rodinhas, mexia os ombros como um atleta. Procurei pela mãe, estava sentada embaixo de uma árvore, no canteiro central da avenida.

Uma hora depois eu estava no Centro, com a blusa colada pelo suor. Olhei para os prédios e não tive certeza de que um dia tivesse estado ali. Não reconheci o prédio, estava com tanto calor que fui para a porta da catedral, debaixo da sombra. Alguém se aproximou, não sei o que perguntou, mas saí da escadaria antes que eu ficasse de sutiã na praça. Fui procurar sombra dentro de uma loja, e foi debaixo dela que desisti da cartomante, eu tinha que estar trabalhando. Voltei para a fila do ônibus, e tempos depois eu estava no meu táxi, de volta à realidade, à necessidade, que é a única referência confiável. Fiz questão de passar no farol do aleijado, esperei que ele desse a cara no meu vidro.

— Quanto você tira por mês, menino? Pegando táxi pra ir trabalhar...

— Tia, tudo vai da mente.

Acelerei, antes que eu tivesse a ideia de colocar Gilsinho numa cadeira como aquela. Eu podia fazer um pacote com a família e os levaria todos os dias para o trabalho, daria mais grana que o rapaz que vai para o aeroporto. Naquela tarde levei dois homens para o hospital, os dois com exames de laboratório nas mãos, assustados. Peguei uma mulher de uns trinta e cinco anos, ia para um bairro nobre, era massagista.

— Mas você faz massagem do quê?

— Não tem sabor, é técnica.

— Certo, mas onde?

— Na musculatura rígida, daí vou pegando pontos importantes.
— Onde é importante?
— Onde estiver precisando.
— Escute, se seu filho quisesse o seu namorado, o que você faria?
— Isso não tem nada a ver com massagem.
Perguntei para a massagista, para uma vendedora atrasada e uma aposentada. A massagista disse que eu deveria ter diálogo em casa, a vendedora que eu trabalhasse, cuidasse do que era meu, que o mundo era maior que isso. A aposentada achou um absurdo que eu namorasse sem ter me separado. Um grupo de três moleques deu sinal, não passavam dos dezesseis anos.
— A gente vai pro Meque.
O do meio xingava, os outros riam, procurando o fôlego.
— Vão comer o quê?
Ficaram em silêncio, o da direita respondeu.
— Sanduíche, batata e refri.
Gargalharam.
— Vocês moram onde pegaram o táxi?
— No prédio em frente, nós três, por quê?
Parei no drive-thru.
— O que vai ser?
Anotei num bloquinho os três pedidos, pedi o dinheiro deles, juntei. Os meninos comiam lá atrás enquanto eu os deixava em casa. Não deram um pio, comeram tranquilos, sem gritaria. Na volta, não vi mais mãe nem filho, arrisquei um ponto de ônibus próximo, o aleijado estava sozinho, parei na frente do ponto.
— Cadê sua mãe?
O garoto não respondeu, fingiu que não era com ele, alguém abriu a porta de trás.
— Metrô Pavão, por gentileza.

Um homem de minha idade, sem aliança, pasta de couro, barriga grande e caída.

— Se teu filho quisesse seu namorado, o que você faria? — perguntei.

— Eu sairia do caminho.

oneiro

Fiz um acordo com a vidanta, eu ficaria no corredor do fundo, longe de sua área. Primeira providência a ser tomada era anunciar meus serviços na *Algodão*. Fui à secretaria do Edifício Midoro Filho, era só preencher uma papeleta com a mensagem a ser publicada, o conteúdo seria revisado ou censurado conforme as regras.

— No próximo mês, teu anúncio será publicado — disse o secretário.

— Coloque na última linha: atendimento gratuito.

Eu não cobraria favores no início, nem fidelidade, embora fosse isso que eu buscasse. Fiquei dezenas de dias parado atrás da mesinha feita com caixas de papelão, as que embalam as latas de leite. O bom era que, trabalhando na ala do refeitório, nem precisava pegar mais o elevador, ficaria por ali, sem fazer grandes piruetas. Não deu uma semana, sentou um oneiro na minha frente.

— Parece que serei o primeiro.

— Não se preocupe.

— Há quanto tempo foi afastado?

— Se está investigando minha idoneidade, não custa nada ser atendido e esquecer tudo ao tomar o elevador.

— Custa meu tempo.

— O que quer saber?

— Voltarei outro dia, não estou preparado.

O cara saiu olhando os pés, amarelou, suponho que nem soubesse formular questão. Dois dias depois ele voltou.

— Quero saber se posso me recusar a atender um sonhante.

— Mas isso não é da alçada de um vidanto, isso é só perguntar na administração do Edifício Midoro Filho.

— Quero saber o que acontece se eu me recusar a ser rebaixado pelo Edifício e quiser voltar ao trabalho, o que acontece?

— Administração, oneiro, pegue o elevador de volta e peça para descer no décimo segundo.

Fui até o fim do corredor, passei três fileiras de estantes e vi a vidanta em sua esquina atendendo um enquanto mais dois aguardavam, entre eles o oneiro que tinha passado por mim. A vidanta ia dizer a ele o mesmo que eu, isso porque ele achava que o tempo é precioso. Outro oneiro chegou em minha mesa.

— Veja se nas cartas aparece meu atendimento do dia 13 de outubro, esqueci completamente, não sei o que aconteceu.

Embaralhei as cartas, botei-as em forma de cruz, surgiram duas rainhas, um valete e um cinco. Não levo em conta o naipe, tenho preguiça. Duas rainhas podiam ser irmãs e o valete um serviçal sem importância. O cinco era a quantidade de vezes que as irmãs pediam coisas ao valete.

— Olhe, amigo, vejo que atendeu duas pessoas próximas.

Era certo que eu atenderia só oneiro com problemas, o problema desse era o meu: atender pessoas aparentadas.

— O que são pessoas próximas?

— Irmãs, elas se revezaram em sua sala por cinco vezes, saía uma, entrava outra.

Fiquei em dúvida se aconselhava o oneiro a sair daquela imediatamente ou se só respondia o que ele havia perguntado, sem alongar nossa relação.
— O que isso significa?
— Ter esquecido ou ter atendido duas irmãs?
— As duas coisas.
— Esqueceu por defesa, as irmãs é um erro do Edifício Midoro Filho.
— Dá pra ver aí o que foi que eu sugeri a elas?
Embaralhei e botei as cartas em círculos. As duas rainhas voltaram, o valete desapareceu, outros números em volta.
— Você mostrou as mesmas miniaturas para as irmãs, é grave.
— O Edifício Midoro Filho sabe disso?
Lembrei ao oneiro que, provavelmente, ele já estava sob observação. Ele me pediu um conselho, disse o que ouvi da vidanta.
— Esqueça-as, não são pra você.
— Você não entendeu, eu já as esqueci.
— Então volte para a sua sala, trabalhe como se nada tivesse acontecido.
A vidanta nesse momento havia me dado uma caçambinha, eu deveria ter alguma miniatura para dar ao consulente. O oneiro foi embora superagradecido. Um bom começo, esse espalharia melhor do que a *Algodão* que um grande vidanto estava à espera dos oneiros. A vidantaria ia crescer comigo. Dia seguinte, vieram dois, o primeiro eu dispensei na primeira pergunta.
— Mas a administração não responde nada! — ele disse.
Sugeri que mandasse as dúvidas por escrito para a administração, ou talvez para a *Algodão*, talvez alguém o esclarecesse sobre formigamento nas pernas durante o atendimento. As cartas e eu nada sabemos sobre pernas e má circulação. Enquanto isso, a vidanta tinha uma fila de virar prateleira. Mas o segundo consulente do dia fez valer qualquer multidão.

— Meu caso é o seguinte, atendo uma senhora, parece que trabalha com público, tem um filho que também trabalha com público.
— Sei.
— Queria atender essa mãe por mais seis meses pelo menos, porque ela precisa de mim.
— Como sabe que ela precisa de você?
— Nós começamos um diálogo.

Pedi ao oneiro a descrição física da mãe. Tratava-se da mãe que eu atendia, a própria. Quer dizer, o diálogo que iniciei com ela não foi mérito meu, a mãe era expressiva com qualquer um. Eu sabia exatamente o que dizer antes de olhar para o baralho, faria a cena da cartomancia e diria aos poucos o que eu precisava, ia ter de volta o contato com a mãe, ainda que mediado por outro oneiro.

— Vejo que a mãe está preocupada com o filho.
— Certo.
— Ela deve se preocupar mesmo, ele está evitando o Edifício Midoro Filho.
— Isso não é possível.
— E se passou a ser?

Ele me olhou com angústia.

— Concentre-se nela que vou tirar uma carta decisiva.

O oneiro fechou os olhos, derrubei um rei.

— A carta confirma, mostre a ela miniaturas de escafandro.
— Eu não tenho.

Ao ser expulso da minha sala, saí com uma mão na frente e outra atrás, minhas miniaturas ficaram longe.

— Posso te ajudar, venha aqui semana que vem, vou te fazer miniaturas para o seu atendimento, com uma condição.
— Qual?
— Jamais as utilize com outro sonhante.

Eu tinha uma semana para recuperar minhas miniaturas. Fui à cozinha pedir latas vazias, essas eram abertas com um abridor, o alumínio era vagabundo e maleável, fabricaria a miniatura que eu quisesse. Fiz um escafandro, uma luneta e um anel. Meu oneiro mediador voltou na semana seguinte.

filho

Consegui, sozinho, não pagar o colégio. Tudo o que ela precisava era arrumar uma assinatura de um fiador, o diretor foi com minha cara, eu disse que minha mãe era alcoólatra, ele perguntou se eu tinha certeza disso, respondi que meu pai nos abandonou por isso. Talvez nem o fiador fosse preciso tamanho olhar terno o cara me dirigiu, também fiquei com pena de mim.

Falei com ela sobre a conversa no colégio.

— Mentir é foda.

— Você faz coisas de bêbado, qual a diferença? E bem que você bebe.

Ela abriu uma latinha de cerveja olhando para a geladeira aberta.

— Fica sossegado que já sei quem vai assinar o documento.

Voltei a falar com o diretor.

— Não confio nos amigos da minha mãe, ela pode arrumar um fiador mais ou menos.

— Filho, há uma cota, na verdade uma única vaga para bolsista, a pessoa tem que ser miserável. A vaga é sua.

Cheguei doido para contar a notícia, mas cadê minha mãe? Não vi ela chegar, de manhã fui atrasado para o Posto Jacaré, ela estava dormindo, o táxi sujo de barro. O movimento no posto havia aumentado por conta do desconto de alguns centavos no litro da gasolina. Mal consegui falar com Nelson, ele se aproximou na hora de me liberar os quinze minutos do almoço.

— Sua mãe falou comigo, traz o papel que eu assino, não tem erro.

Agradeci e contei que eu já havia resolvido. Na volta do colégio, vi o táxi limpo na garagem, ela sentada comendo amendoim, tomando suco de caixinha, os pés em cima do tamborete.

— Em que lama a senhora estava ontem?

— Corrida longe, filho, tem uma mãe e um filho aleijado que eu fechei um pacote, você não acredita como eles se viram, o menino tem...

— E o Nelson?

— Você viu? É gente fina, ia assinar qualquer coisa pra você.

— Sim, mas falei que não precisava.

Ela se levantou e veio me abraçar.

— Acho que você pede muita coisa pro Nelson, mãe, deixe o cara.

Ela me largou.

— Ele já me disse isso.

Expliquei que, sozinho, consegui a bolsa integral e que só eu precisava assinar os papéis, que o diretor entendeu minha situação, que, quando falei que era frentista de posto de gasolina, ele me aconselhou a procurar um estágio assim que pudesse, para sair da insalubridade.

— Mãe, o Nelson ia ser fiador como? O cara tem imóvel?

Ela foi murchando, ficando decepcionada com o fato de eu viver perfeitamente sem ela, que, aliás, me atrapalhava bastante.

— Ele diz que sim.

Ela pensa que nasci ontem. Não sairei do Jacaré enquanto meu pai não voltar, não vou deixar a velha virar indigente com um frentista casado. No colégio, tive aula de economia e psicologia, ensinaram métodos de persuasão. Resumindo, é só aproximar o objeto do público e repetir o procedimento até que a pessoa acredite que a mercadoria faz parte dela, como estão separados desde a fábrica ela precisa agora adquirir ela própria. A pessoa pensa que não está prestando atenção, mas um lugar discreto da cabeça capta tudo. As aulas de fotografia começariam em breve.

No Jacaré apareceu, no meio da manhã, a mulher do Nelson. Ela é bem mais nova que ele, um pouco mais velha que eu. Tirando o peito cheio de leite, era uma menina. Soube que era evangélica, mas a saia estava longe de cobrir o joelho. Não tinham se casado no papel, moravam juntos por causa da criança. A filha tinha problemas de saúde, vira e mexe ela vinha com a menina febril pegar dinheiro no caixa do Jacaré e ia de táxi para uma clínica particular.

— Não deixo faltar nada pra elas — o Nelson repetia.

Um dia ela veio e o Nelson estava fora, a menina dentro de um cesto, espremida no meio de brinquedinhos de plástico, tinha uma lunetinha e um mergulhador, coisas de menino, a criança choramingava, nem olhava para aquilo. Ela foi ao banheiro e me deixou com o cesto, o pátio de abastecimento estava tranquilo e tinha mais um frentista novo na equipe.

— Eu olho a princesa.

Mexi com as mãozinhas da menina, ela tinha um anel no dedão, arranquei aquilo antes que ela morresse engasgada, botei no bolso do meu macacão. Começou a chorar, cobri com a mantinha e aos poucos o cheiro de talco foi sendo substituído pelo meu ranço de combustível. A mulher do Nelson voltou e segurou meu ombro.

— Queria que ela durasse enquanto eu vivesse.

Fiquei com receio de perguntar a doença da menina. Era corada, choro forte, corpo inteiro.

— O tratamento é caro demais, o médico disse que a operação custa o preço daquele carro ali.

Apontou uma caminhonete que custa um apartamento de dois quartos. O rosto dela era o da menina, só que maior, poderia estar doente também, já que a aparência ali não garantia saúde. Suspeitei que Nelson estivesse se aproximando da minha mãe para que ela fizesse tantas corridas até que se pagasse a operação da sua filha. Corrida nenhuma ia chegar ao valor daquela caminhonete e o Nelson sabia disso, mesmo abastecendo quase de graça como ela fazia no Jacaré. Ela abastece, de preferência, no período noturno, que é quando não estou. Prefiro.

Nelson chegou e eu estava pronto para assumir a família dele, eu podia criar a menina com um pé nas costas, não dividiria a atenção da mulher com minha mãe. Saio na dianteira dele por conhecer onde ele está se metendo.

Em casa, minha mãe estava no telefone com alguém, falava baixinho para que eu não entendesse. Lembrei dos brinquedinhos da doente, quem daria uma luneta a um bebê? Um mergulhador com capacete próprio para o mar?

— Filho, vou sair, uma corrida, aquela longe que eu te falei, a mãe e o filho precisam de mim.

Pensei em sugerir minha companhia para atrapalhar o encontro dela com o Nelson, mas ela estava triste demais para ser isso.

— Quer vir comigo? Eles já te conhecem de tanto que falo de você — ela disse.

Quase topei. No dia seguinte, o carro estava limpo, sem lama. Ela me esperava na cozinha.

— Preciso de oculista, minha vista tá ruim.

Ela lia a caixa de leite, peguei da mão dela.

— O que a senhora quer saber?

— Se eu tô fazendo besteira.

— Leite não faz mal nem pra criança.

Lembrei que a cara de saúde da menina não indicava sua doença, a cara de doença da minha mãe não indicaria a saúde dela.

— Sabe que dá para alugar aleijado?

Ela disse que aleijados desempregados pediam dinheiro nos faróis e não ficavam com a esmola, ganhavam salário no fim do mês, maior que no Posto Jacaré.

— Dá uma fortuna — ela completou.

Vi Nelson e minha mãe numa Kombi, abrindo a porta e tirando os deficientes e fazendo ronda em volta das avenidas.

— A mãe que eu atendo está alugando o dela.

Saí de casa antes que ela me arrumasse outro emprego. Ela me chamou de volta.

— Achei anel de mulher no seu macacão, namoradinha?

Fechei a porta.

oneiro

Fiz dez miniaturas, as latas esculpi com o abridor. Dez escafandros, não precisava de mais nada até segundo momento. Mas o corpinho do mergulhador não deu para fazer. Deixei um buraco no meio da lata, o oneiro teria que trabalhar essa questão. Deixava de ser, por razão de uns dez centímetros, uma miniatura séria. A nova dimensão talvez até aumentasse a persuasão. As miniaturas no Edifício Midoro Filho têm tamanho-padrão, independentemente do que sejam, de montanha a moeda. Não gostei do oneiro que agora trabalha com a mãe, achei o cara inseguro, só não me preocupei mais porque a diversidade de consulentes desviava minha atenção. Veio outro.

— Quero saber se apareço nas cartas.
— Não, nós somos redondos — esclareci.
— Como assim, redondos?
— Sem coisa presa em quina, sem resquício de quem fez. Não tem o que saber, você não lê a *Algodão*?
— Preguiça.
— Tire uma carta, mentalize seu último atendimento — pedi.

O oneiro fechou os olhos feito um sonhante. Saiu um oito com naipe de coração. Tirei outra, a carta não me inspirou. Veio um dois de coração. O oneiro, ainda de olhos fechados, perguntou se podia abrir. Disse para ele respirar e ter calma. Dividi o baralho, peguei a primeira, um quatro sem coração. Quatro é fácil, uma sala.

— Pode abrir.

O oneiro arregalou os olhos.

— Você está se repetindo nas miniaturas, trabalha com quais? A repetição aqui é tanta que se repete.

— Tenho sete: trapézio, vela, pá, garrafa, dente, escada e ovário.

Ovário? Um órgão explícito, de qual ala pode ser um oneiro que tem autorização para trabalhar com vísceras?

— Está com elas aí?

Ele tirou as miniaturas do bolso. O ovário era uma bolinha cheia de estrias com dois bracinhos. Eu disse que tiraria mais algumas cartas para averiguar uma informação. Saiu uma que nem sei mais qual foi.

— Olhe, colega, essa aqui confirma a minha desconfiança. Você precisa substituir esse ovário.

— Na primeira fiscalização eu me explicarei como?

— Esconda-o na gaveta, bem no fundo.

Propus uma troca, eu daria uma solução provisória e, de certa forma, um teste. Por algumas semanas eu ficaria com o ovário e ele com um escafandro. Vi que a possibilidade de ter miniaturas era ilimitada, latas de leite em pó eram infinitas, e infinitos oneiros passariam por mim, de diversas alas, e eu trocaria escafandros por miniaturas. Oneiros sabem que não pega bem dizer que se consultaram com um vidente, ele daria um jeito de inventar que ele mesmo tinha feito um escafandrinho no refeitório. Ele foi embora e deixei aviso na mesa sobre um breve período de ausência. Fui tomar leite com o ovário na mão, como ele sabia que era um ovário? Um distribuidor da *Algodão* deixava exemplares sobre as mesas do refeitório, peguei um. Folheei com pressa na esperança de encontrar a foto da miniatura e alguma explicação para aquela tendência visceral. Um oneiro se aproximou, guardei meu ovário.

— É você que atende lá no fundo?
— Sim, mas estou no intervalo.
— Não quero me consultar, queria saber se não enjoa.
— Está melhor do que eu previa.
— Oneiros atendem milhares de sonhantes, vidantos atenderão quantos oneiros estiverem aqui, isso se todos descessem para se consultar. Não teme repetição?
— Qual o problema da repetição?
— Não lê a *Algodão*?
— Querido, qual o problema da repetição para um vidanto? Nenhum. Já leu alguma coisa a respeito dos vidantos na *Algodão*?

Larguei o cara na mesa e voltei ao meu posto, o oneiro que atende a mãe estava lá me esperando.

— Como fomos de escafandro?
— Acho que ela gostou, tem vindo muito, estou repetindo a miniatura.
— Vamos trocar por outra, tenho pra você algo melhor.
— Não vai tirar as cartas?

Embaralhei bem rápido, parti em dois montes e pedi que ele mesmo tirasse.

— Era o que eu previa, uma rainha.

Fiquei quieto, olhando para a carta, o oneiro esperava uma decisão.

— Você levará um ovário.

Ele pegou o ovário sem nenhum estranhamento, colocou no bolso.

— Mas não trouxe o escafandro, tudo bem?
Um não faria falta, mas exigi disciplina.
— Faremos melhor, dê-me outra miniatura.
Ele botou uma língua sobre minha mesa, deu as costas e tive certeza de que o Edifício Midoro Filho estava mudando o catálogo de miniaturas. Mal concluí a ideia e alguém se aproximava, era o oneiro rebaixado que, por ora, trabalhava no refeitório.
— Vim conferir.
Com ele fiz uma consulta rápida para que não se empolgasse, ele queria saber pelas cartas por que os sonhantes dormem. Ali tomei uma decisão, escreveria para a *Algodão* sobre o cotidiano da vidantaria. Na confissão do consulente, nota-se a falta de instrução do oneiro, o Edifício Midoro Filho precisava saber disso. Fui à secretaria da publicação. O homem do guichê deu-me um papel para escrever o recado, se passasse pela editoria seria publicado. Dias depois, o oneiro que atende a mãe estava sentado no meu pequeno escritório.
— Aqui está.
Deu-me um tomate, a miniatura era idêntica ao fruto, do mesmo tamanho. Disse que a mãe se manteve igual diante do ovário, mas havia um detalhe.
— Ela não veio mais.
Sabendo que as causas da ausência repentina dos sonhantes não se explicam apenas pela atuação dos oneiros, tranquilizei o rapaz. Dispus as cartas em forma de triângulo sobre a mesa, coloquei outra no miolo vazio e pedi que se concentrasse.
— Ela vai voltar, o oito de flechas é definitivo.
— Não arriscarei mais o ovário — ele disse —, nem dá para entender o que é, essa miniatura está malfeita.
Entreguei a língua para o oneiro ansioso, era pontuda, essa realmente malfeita.
— As cartas pedem que você arrisque mais, oneiro, não importa a sua impressão sobre o objeto, apenas o mostre.

mãe

O táxi estava precisando de uma revisão, passei no Posto Jacaré logo cedo, dei carona para o Gilsinho. Notei que o garoto estava precisando de roupas maiores, a calça já apertava as coxas. O macacão ele leva numa mochila onde ficam os cadernos do colégio, ele foi mudo de casa até o trabalho. Estacionei o carro perto da troca de óleo, onde não atrapalharia o fluxo de clientes. Gilsinho entrou no banheiro dentro da lojinha, Nelson saiu com uma nota fiscal em direção à boleia de um caminhão sem carga. Ele me viu, acenou e continuou o atendimento. Gilsinho saiu uniformizado e já atendendo.

— Aquela revisão — eu disse, olhando o logo do posto em seu peito.

— Encoste mais perto do muro, depois eu vejo — ele respondeu.

Manobrei o táxi como pedido e saí, entrei na lojinha, peguei um refrigerante sem pagar e voltei para o carro, abri as portas, sentei no banco do passageiro. Gilsinho não olhava por nada em minha direção. A mulher do Nelson apareceu num táxi, desceu com a filha no braço, de tamanco, blusa apertada. Gilsinho foi até o táxi, tirou dinheiro do bolso e deu ao motorista, a mulher beijou o rosto de Gilsinho enquanto a criança pedia com os bracinhos para ir ao colo dele. Nelson não viu a cena, a mulher desapareceu dentro da lojinha. Gilsinho olhava em sua direção, meio sem foco. Fui até o meu filho, ele programava a bomba de abastecimento.

— Essa mulher tá tirando dinheiro de você?

— Mãe, o dinheiro é meu.

Voltei para o carro, fechei as portas, as janelas, e fui trabalhar sem revisão, era só um barulho no motor que depois eu investigaria. Passei pela mãe do aleijado, a dupla trabalhava firme, a mãe também vendia bala, segurava uma caixinha, usava um boné de pala curta e bermuda. Desacelerei para que o farol desse o vermelho e ela me visitasse na janela.

— Vai táxi hoje? — ofereci.

— Lá pelas oito?

— Fechado.

O filho encostou com a cadeira depois dela, me deu bom-dia e um chocolate que amoleceu assim que o segurei. Fui andar pelo Centro, a chance de corridas para lugares mais longe é maior. Muita coisa só se resolve no Centro, pessoas de longe são obrigadas, em algum momento, a passar por lá, nem que seja atrás de uma cartomante.

O trânsito lento, de onde estava pude ver ao longe, andando apressada pela calçada, uma senhora vestida às pressas, um cachorro pequeno no colo com a língua para fora. Quando se aproximou, o zíper aberto, dava para ver a calcinha de tecido brilhante cobrindo uma barriga redonda e dura. Fiz contato visual e ela apressou o passo em minha direção. Ela também era vista com destaque na multidão por conta do cabelo liso, ralo e comprido, um riachinho que caía pelo ombro. Ela bateu no vidro, destravei a porta, ela sentou na frente, comigo.

— Tem um veterinário depois da ponte do Leão.
Não dava para acelerar, o cachorro respirava com cansaço.
— Como chama? — perguntei.
— Nilton.
— Nome de velho num cachorro tão moço.
— Doença deixa velho, acho que ele não passa de hoje, vomitou sangue ontem.
Ela botou o focinho do Nilton na direção da janela e percebeu o zíper aberto, fechou com dificuldade.
— Também tenho um filho, o Gilsinho, mas é gente.
— Tem doença?
— O menino é saúde crônica.
Ela suava, o calor era úmido e o cachorro começava a exalar cheiro de coisa estragada. Consegui sair do Centro em direção à ponte do Leão, mas em poucos metros ficamos engarrafadas outra vez, um helicóptero batia hélice sobre nós.
— Acidente com certeza — ela disse.
— Dou um desconto pra senhora, pode deixar.
Minha oferta não fez a menor diferença em seu rosto, ela continuava apertando as patas do Nilton, que pareceu dar um gritinho quando o trânsito fluiu. A via foi desobstruída, um caminhão estava deitado de lado, com sacos de farinha espalhados pelo asfalto. Um policial pedia, com os braços, para que todos seguissem.
— Baita prejuízo — ela disse.
Pensei em fingir que não ofereci o desconto e cobrar o valor do taxímetro, nos aproximamos da ponte.
— Entro à direita?
— Não, vamos fazer um retorno na segunda entrada.
Finalizando o pedido da cliente, não vi veterinário algum, andei devagar.
— Tem o número?

Ela pediu que eu parasse, disse que não ia ver o Nilton morrer na frente dela, pegou uma nota grande, abriu a porta, deitou o moribundo no assento, pôs a nota em cima dele e bateu a porta na minha cara. Saiu como se tivesse se lembrado da rota certa e retomasse o rumo. Eu buzinei, gritei, a mulher sumiu. Simples, iria até o limite da cidade e deixaria o Nilton num descampado que me disseram ser depósito de carcaça de sofá e lixo infectante de laboratório.

Retomei o curso sozinha, a melhor hora do táxi é quando ele está vazio e eu deixo de ser a visita da casa. Nilton estava respirando mais curto, prestes a morrer, eu não queria um defunto no meu sustento. Assim que o limite da cidade se aproximou, carros ficaram mais esparsos. Havia esquecido que o terreno baldio não era tão perto. O Nilton dava trancos na barriga, estava igual ao caminhão de farinha, deitado de lado, entregue, com a barrigada querendo desaparecer no chão.

Avistei o terreno, estava atrás de um outdoor de calcinha. Reconheci a montanha de pedaço de colchão, geladeira sem porta. Nilton deu um gritinho fino, tive certeza de que era o último. Dei sinal para encostar à direita e meu carro foi arrastado por outra força, por trás. Uma caminhonete puxava uma lancha, bateu em minha traseira, se contorceu pelas cinco faixas. Nilton e eu perdemos o controle, o táxi seguiu em ângulo fechado para o acostamento, antes do lixão, num barranco mole pelas chuvas do verão. Se a batida fosse de frente, eu teria ido com Nilton para o final. O impacto fez com que o táxi virasse de lado, uma simples capotada, sem a violência que sofreu o barco, esse atravessou a pista até a contramão e fez um ônibus também cair.

Minha cabeça estava bem acomodada, as pernas presas, mas não o suficiente para que eu não as sentisse. Um braço estava levantado como se eu estivesse de ponta-cabeça, tentei abaixá-lo e senti uma pinçada aguda no ombro. Chamei o Nilton, ele não respondeu, procurei com o rosto uma superfície e o dente do Nilton arranhou minha bochecha, ele estava debaixo do meu rosto. A essa altura me dei conta da umidade e torci para que o sangue fosse do Nilton, não meu. Ouvi sirenes quando já estava cansada da posição, dos formigamentos na circulação e do cheiro da minha urina. Uma lanterna percorreu meus olhos.

— A senhora consegue falar?

oneiro

O oneiro que atende a mãe ficou alguns dias sem vir, até que apareceu com um ar preocupado. Disse que a mãe havia voltado demais.
— Como assim?
— Ela está na minha sala, não vai embora.
Achei que o oneiro estivesse delirando, há mecanismos do Edifício Midoro Filho que organizam essa bagunça. Segundo o oneiro, todos os mecanismos haviam sido acionados, inclusive o uso de força. Desde o começo achei o sujeito lento e pouco informado.
— Você sabe que, nesses casos, o sonhante segue para outro andar.
— Desculpe, mas de que andar você está falando?
O oneiro trabalhava no próprio andar onde se recebem casos insistentes.
— Trabalho com sonhantes obsessivos — ele esclareceu.
O que um oneiro, que é praticamente um enfermeiro, vem fazer na vidantaria? Ele respondeu sem que eu abrisse a boca.

— Não entendo os procedimentos do Edifício, nem você, ou não estaria aqui embaixo.

O rapaz resolveu acelerar o raciocínio de uma hora para outra.

— Por exemplo, como chegam as latas de leite?

— Pela porta — brinquei.

— O entregador então é sonhante, ou quem não é pode entrar no Edifício também?

Achei pertinente cortar o devaneio.

— Esqueça, as latas devem ser feitas aqui mesmo, inclusive os copos. Não há coisa daqui que venha de fora.

— Você não me entende.

— O senhor é que está se contaminando pelo sonhante, até o meu rebaixamento a vidanto está dentro das regras.

Ele olhava por cima de minha cabeça, pareceu colher algum inseto em pensamento. Ele disse que, depois de sugerir a miniatura de língua, a mãe tentou abrir um dos olhos enquanto o outro se abriu tão largamente que ele achou ter visto uma bola de luz.

— Não te ocorreu o mínimo? Trocar a miniatura?

— Ela perguntou meu nome.

Dei a ele uma lata de leite em pó inteira, intacta.

— Você disse seu nome?

Não temos nome, quis estudar a reação do oneiro.

— Disse que meu nome era oneiro.

— Ela perguntou por mim?

— Ela também te viu?

Pensei em mentir, mas não ajudaria na minha reaproximação torta com a mãe.

— Bem, como olhos abertos não garantem lembrança ao sonhante, talvez o contrário aconteça, olhos fechados liberem a visão do sonhante de onde está e com quem.

Ouvindo-me falar, percebi que estava tão comprometido quanto ele. Peguei o baralho e ele interrompeu o processo dizendo-se satisfeito com a lata de leite, além do quê, ele não poderia se ausentar por mais tempo.

Todos os atendimentos seguintes foram ofuscados por essa consulta. Vieram as dúvidas de sempre, enfadonhas, um oneiro veio até aqui só para falar, ele não me ouvia, atropelava a interpretação das cartas. Num momento, ele mesmo olhava para o baralho e falava consigo, desci um três de coração e ele se assustou.

— Três eu não suportaria, de fato preciso intercalar com maior espaço de tempo as vindas da criança que venho atendendo, a menina chora tão alto que coloco protetor de silicone no ouvido.

Deixei o oneiro falar até que ele mesmo embaralhava, falava, e saiu sem se despedir ou agradecer. Com esse não gastei minhas latas de leite, ele se viraria sozinho com os sonhantes. Depois dele atendi mais quatro oneiros ansiosos, eu já entregava as cartas ao consulente e deixava ele rolar sozinho. Um deles estava excitado com as próprias previsões, aproveitei a disposição do colega e pedi que visse um lance para mim.

— Veja aí se eu posso sair dessa posição — pedi.

O oneiro nem mexeu nas cartas.

— Isso você pergunte na secretaria do Edifício Midoro Filho, cartas não mudam regulamento.

Ele continuou a ver a própria situação, até que eu recolhi as cartas da mesa e disse que a consulta já havia passado do tempo.

— Aqui também tem regras — adverti.

Fui tomar leite, o oneiro que atende a mãe se aproximou, já estava lá quando cheguei, não o havia percebido.

— Quero subir com você.

Ele terminou o leite, eu deixei o meu intacto no copo e fomos esperar o elevador. O ascensorista disse que eu não poderia entrar, o oneiro se adiantou às minhas explicações.

— Senhor, obrigado pela observação, ele está em estágio de reabilitação. Vamos ao décimo quarto, por gentileza.

No caminho, o elevador parou em seis andares, um entra e sai de oneiros até descermos.

— Eu entro primeiro, a mãe deve estar lá dentro, espere um pouco até que eu comece a sessão, seja discreto.

Fiquei na porta, tentando ouvir a conversa. No corredor, ajudantes passavam com carrinhos cheios de miniaturas, pularam a sala onde o oneiro estava com a mãe, assim como ignoraram minha presença. As miniaturas estavam misturadas umas com outras, demorou até que eu pudesse me certificar de que as formas eram as mesmas, tratava-se de elefantes, o que os diferenciava eram as cores, uma inovação. Elefante preto, branco, amarelo, azul e verde. A mãe não receberia elefantes coloridos, mas teria uma visita bem mais interessante. Entrei sem saber se haviam dado os dez minutos. O oneiro estava sentado confortavelmente atrás da mesa, um dos braços esticado na direção da mãe, exibindo a lata de leite inteira que eu tinha lhe dado.

— Lago — ele disse a ela.

A mãe estava com os olhos fechados, rosto exausto, imóvel como o esperado. Caminhei até a janela, de onde a visão abarcava o atendimento completo sem prejuízo do espetáculo.

— Lago branco — ele continuou.

Ela nada dizia, o oneiro insistiu.

— Entre no lago branco.

Ela mexeu a cabeça.

— Não existe lago branco — ela disse, de repente.

Existência não é premissa para o trabalho, a mãe estava realmente muito ativa no processo, meio insolente. Fui até as costas dela e toquei em seu ombro, a mãe deu um miado.

— Se não sair daí agora, eu chamo o coordenador — exigiu o oneiro.

Não saí e apertei um pouco mais o ombro dela, aproximei a boca de seu ouvido.

— O lago está dentro da lata, seus dentes têm serra, abra-a com eles.

Ela se acalmou, eu voltei para a janela.

filho

Eu estava no Posto Jacaré quando o Nelson colocou a mão no meu ombro.

— Parece que tua mãe não tá legal, um enfermeiro ligou aqui.

Minha mãe tinha o cartão do posto na carteira, disse que o desenho de jacaré dava sorte, era um amuleto para atrair dinheiro sem esforço. Peguei um ônibus do jeito que eu estava, com o macacão do posto e fome. Na entrada do hospital, um homem estava sendo levado numa maca, faltava uma perna inteira, deduzi pelo vazio do lençol encharcado. A cabeça segura dentro de um capacete amarelo, um astronauta que caiu do céu no centro da cidade. O homem estava dormindo. Na recepção dei o nome da minha mãe.

— Você é o que dela, filho?

— Filho.

A mulher me deu um crachá e precisei pegar um elevador. No tal andar, poucas pessoas nos corredores, um cheiro de flor com aspirina moída. No balcão de informações, soube que ela estava no quarto. Ela tinha um tubo dentro da boca, uma agulha na veia, aparelhos ligados ao lado. O peito dela subia e baixava devagar.

— Acorda, mãe!

Ela não deu um pio, eu sabia que ela não ia falar comigo, nem que eu gritasse e desse meu corpo em troca, que eu morresse por ela. A enfermeira disse que ela não estava morta, que tinha sinais vitais.

— Quando ela volta? — perguntei.

— Agora é com ela.

O rosto estava descansado, finalmente dormindo pesado. Por causa do ronco, ela sempre teve a noite cortada com suspiros, quase engasgando. Era o mesmo hospital em que meu pai estaria internado, se não tivesse ido embora. A enfermeira explicou que o coma havia sido induzido. Claro, ela sozinha não iria tão longe.

— Você tem mais meia hora.

Peguei em seu pé, debaixo do lençol, uma gota caiu do meu queixo, chorei só um pouco, não queria que me visse pior do que ela. Desci, na saída Nelson e a mulher atravessavam a rua em minha direção. Avisei que havia acabado o horário de visita, ele insistiu em subir assim mesmo. Fiquei com a mulher dele na porta, a criança dormia com uma vizinha.

— Já falei com o Nelson, você vai pra nossa casa esses dias.

Ela me abraçou, segurando minha cintura e meus braços, sem me deixar retribuir o laço. Fomos os três para a casa deles. A mulher me deu uma toalha e uma troca de roupa do Nelson.

— Vou fazer um macarrão pra gente.

O banheiro era pequeno, a porta do boxe batia na privada, entrei de lado. Num canto, no mesmo estado que minha mãe mas sem os tubos, um cachorro cheio de curativos. Dentro do boxe passei o sabonete da mulher no meu saco até que a espuma cobrisse meu pinto. Bateram na porta.

— Vai logo, moleque!

Nelson devia controlar a casa como controlava o Posto Jacaré. Coloquei as roupas dele e fui pegar macarrão.

— O cachorrinho da sua mãe quase morreu — a mulher disse.

— Ela não tem cachorro — respondi.

Nelson disse que o cachorro estava no táxi, depois que eu saí do posto ele recebeu um segundo telefonema e foi buscar o bicho.

— Falei com o patrão, vou te dar dois dias pra você acompanhar sua mãe no hospital, o negócio ficou feio.

Não consegui comer direito, a comida era pouca e sem gosto.

— Estranhou, meu bem? Aqui em casa todo mundo é cardíaco, não entra sal.

Puseram um colchão fino entre o sofá e a estante da televisão, não consegui dormir. No dia seguinte, Nelson foi para o posto e eu fiquei com a mulher dele e a filha. Ela queria ir comigo para o hospital, ia deixar a nenê outra vez na vizinha.

Minha mãe estava do mesmo jeito, sentei-me ao seu lado, ficaria ali o tempo que me dessem.

— Estive pensando, se sua mãe morrer eu fico com o Fiapo.

Nem precisei perguntar.

— Batizei o cachorro, ele fica lá em casa ou no Posto Jacaré.

Pedi que ela me deixasse um pouco sozinho com minha mãe, ela saiu emburrada, sem se preocupar com o salto do tamanco, que arrastou pelo corredor afora. A enfermeira se aproximou.

— Ela vai entrar num quarto particular, a família do morto já acertou tudo.

Explicou que o motorista que havia causado o acidente morreu, a polícia e o resgate, que estavam próximos ao local, constataram a culpa do falecido. A família foi sensível e cobriu os custos da senhora taxista e seu cachorro. A enfermeira continuou descrevendo a bondade da família do morto, até que foi chamada por uma colega e me deixou em paz. Minha mãe estava com a boca seca e branca.

— Mãe, a senhora perdeu o táxi, já vou avisando. Quando acordar, já vai saber que está em outra, que a gente vai fazer outra coisa na vida. Eu vou ser fotógrafo, a senhora é boa de conversa, pode vender meu trabalho em igreja para casamento, batizado, velório é uma coisa que ninguém fotografa, mas eu faria uma lembrança legal, nunca ia fotografar a cara do cadáver. Ia pegar só a ponta dos pés. Das pessoas chorando eu escolheria só as mãos, alguém ia ter algum terço, depois só as flores da coroa e de repente as crianças, que nem sabem o que está acontecendo, hein, mãe?

A enfermeira voltou, disse que eu esperasse lá fora, iam botá-la no quarto e eu poderia dormir com ela. Fui para casa, deixar as roupas do Nelson e colocar as minhas, o colégio depois eu resolveria. O telefone tocou, era a mulher do Nelson. Ela estava nervosa, queria saber por que não voltei para a casa deles, a gente estava se dando bem, a noite passada havia sido boa, ela queria mais e, se eu dormisse por lá, as coisas ficariam mais fáceis, inclusive para que Nelson não desconfiasse, e, no mais, a menina me adorava e o fato de eu ser tão novinho não tinha importância para ela.

Aquilo era uma avalanche para muito pouco, ela se deitou ao meu lado no colchão fino e fez um cafuné. Ela foi embora para o quarto, corri para o banheiro, fiquei aliviando uma vontade que nem parecia minha de tão grande, tipo o coma da minha mãe. O cachorro continuava dormindo no canto, com uma lata de água, apagado por causa das injeções. No ônibus, a caminho do hospital, ela queria que eu levasse a menina no meu colo até a vizinha, que nos viu e, sem falar nada, pegou a menina e fechou a porta. Uma criança cardíaca, numa família cardíaca. Eu mesmo não toquei na mulher do Nelson, mas era uma questão de Posto Jacaré entre nós. Disse a ela, no telefone, que a gente se encontraria no quarto da minha mãe.

— Garoto, você é show!

O Nelson não ia me matar, porque eu já o teria matado se a questão fosse comer alguém errado. Ele dava assistência a minha mãe há alguns anos e tinha uma dívida comigo. Eu pego a mãe da sua filha, você pega a minha mãe. Eu saio perdendo, porque ele poderia ser meu padrasto e eu seria só um moleque conhecendo mulher. No hospital, minha mãe deitada com mais conforto, um sofá maior que o nosso, garrafa de café para as visitas, banheiro grande. A mulher do Nelson se aproximou da minha mãe, cochichou qualquer coisa no ouvido dela, com um rosto diferente do que se dirige a mim. Fui ao banheiro matar saudade, enquanto ela ficou com minha mãe acertando as contas.

oneiro

O oneiro que atende a mãe pediu que eu não presenciasse mais a sessão. Dois galos na mesma sala tumultuam o esquema, a sonhante estava confusa entre dois estímulos. Voltei para a minha mesinha no fundo do refeitório. A fila da vidanta quase chegava em mim, um sucesso. Cada vez mais, oneiros descem para tomar leite e sobem atrasados para as sessões. Entrei na fila. O oneiro da frente começou conversa com o oneiro seguinte. Comentaram o tempo nublado e as persianas que não viam flanela havia bom tempo, que o Edifício Midoro Filho tinha mais oneiros que sonhantes, que a *Algodão* precisava mudar o corpo editorial, as edições estavam mais finas, menos matérias, menos entrevistas, menos conteúdo. Ficaram em silêncio por quase dois minutos e voltaram a falar sobre as mesmas coisas, opinando ora a favor ora contra. A fila andava lentamente, a vidanta apressava as consultas. No avançar dos trabalhos, a proximidade com o consulente da frente me permitiu ouvir seu atendimento.

— Queria que um senhor voltasse.
— Qual sua aparência? — perguntou a vidanta.

— Um senhor de idade avançada, mas com sobrancelha preta.

A vidanta embaralhou, colocou sobre a mesa as cartas em forma circular, pousou a unha sobre um seis, fechou os olhos, deu dois toques na carta e dirigiu ao consulente um olhar revigorado.

— Pense nele às seis da tarde por três dias, ele voltará.

O oneiro saiu sem se despedir, excitado com a receita e a esperança. Sentei-me, ela bebeu um pouco de leite, misturou as cartas nas mãos.

— Veio fazer reciclagem?

— Queria uma ajuda.

— Pois não — ela disse, solícita.

— Quero voltar ao atendimento em sala, voltar ao batente.

Ela deixou o baralho sobre a mesa, sem espalhar sequer uma carta, todas viradas para baixo, sem o naipe aparente, aquele mistério da sorte.

— Rapaz, volte ao seu lugar, eu não posso te ajudar e você sabe muito bem que um vidanto tem limites.

— Veja aí, nem precisa colocar cartas, quero sua opinião sincera: um sonhante pode se lembrar de um oneiro?

— Que diferença faz?

— Eu teria a fidelidade dele, se estava ali de novo era por escolha, por apego.

— Rapaz, nosso trabalho nunca será visto.

Ela estava com raiva de ver um concorrente especulando sua técnica, o que pudesse fazer para se ver livre de mim, faria. Agradeci sua atenção e me surpreendi com dois oneiros me aguardando para o atendimento. Eram novos clientes, o Edifício Midoro Filho estava deixando seus funcionários confusos, a demanda aumentando. O oneiro estava irritado.

— Quero ver meu passado.

— Seu?

Ele confirmou com o queixo, que subiu e desceu devagar.

— Não trabalho com passado, o senhor pode se dirigir à vidanta vizinha, ela saberá lhe ajudar, tenha uma boa tarde.

O oneiro seguinte tinha um problema mais simples.

— Veja aí no baralho se eu atendo bem.

Pedi que tirasse uma carta de minha mão, veio um dois de paus.

— O senhor é excelente, mas deve dobrar o tempo de atendimento, o senhor não pode repetir a sessão em pensamento.

O oneiro saiu como se eu tivesse feito uma grande revelação. Confesso que aquela de não repetir a sessão em pensamento me deixou orgulhoso, de onde tirei aquilo? A fila estava enorme, os oneiros conversavam entre si, as filas, minha e da vidanta, fizeram um serpenteado pelo corredor, ambas se falavam como passarinhos. Alguns, satisfeitos com a conversa da fila, iam embora.

O oneiro que atende a mãe não mais apareceu, nem mesmo para o leite eu o havia visto no refeitório. Isso me deu ideias. Peguei um copo de leite e chamei o elevador. O ascensorista disse que era proibido subir com o leite, desci. Claro que haveria alguma alternativa para subir às salas, questão de procurar. Bati na porta da cozinha, um homem colocou o rosto na janelinha redonda.

— Preciso levar leite para um oneiro com problemas.

A entonação foi tão autoritária que não só me foi aberta a porta, como a via da escada me foi revelada. Subi com o copo na mão, pulando de dois em dois degraus. A vidanta sempre teve razão, esse povo não é para mim, afinal, se a mãe não entrasse mais pelas portas do Edifício Midoro Filho, eu teria descanso de sua lembrança, justo o oneiro tem memória. O filho era outra coisa, dava mais trabalho na indução mas perturbava menos. Eu jogaria a mãe pela janela, daria jeito de aquela velha não invadir mais meu território. Subi as escadas, contei os andares, havia três lances para cada andar, escalei vários montes. No número 10, oneiro decente não esquece seu andar, abri a porta pesada e eis-me de volta ao corredor familiar, mais dois passos pelo carpete escuro e estava diante de minha porta, minha sala. Não bati, não me anunciei, não dei sinal que antecedesse minha entrada, abri a porta.

A mãe estava sentada do exato jeito como a havia visto pouco antes, o oneiro com as gavetas abertas, procurando miniaturas. Ele me viu, ao mesmo tempo que trouxe do escuro da mesa um elefante. Pedi silêncio com minhas mãos, ele estava irritado, mas não fez escândalo nem chamou, acionando um simples botão, alguém da administração. Passei por trás da mãe e fui para a janela. Abri com os dedos a persiana e vi que era noite, a praça da Sé estava úmida por uma chuva branda e urina humana. O oneiro, um pouco atrapalhado, dirigiu a miniatura de elefante para mim, e não para a sonhante. Cruzei meus braços.

— Você é oneiro ou sonhante?

Fiquei com preguiça de responder.

— Se for sonhante, sente-se no chão.

O que faria um oneiro confundir um dos seus com um sonhante? Fiquei entretido com as possíveis respostas, mas a mãe se mexeu na cadeira, o oneiro voltou o elefante para ela.

— Gestação de um mamífero de grande porte — ele sugeriu.

A mãe se acalmou, embora mexesse os braços como se tentasse reanimá-los. Fui em direção às costas dela. O oneiro abriu a gaveta, procurando outra miniatura, nervoso, ele devia estar com ela há muito mais tempo que o saudável, exausto pela lentidão da mãe e dele próprio. Ele lançou um cacho de uvas, a mãe reagiu sem que ele dissesse palavra.

— Esse não, prefiro o outro, que é mais pesado — ela disse.

Um sonhante tem que saber seu lugar, chacoalhei seus ombros, eu tinha algumas coisas a lhe dizer acordada. Ela se aquietou, o oneiro procurava outra miniatura, sem se importar com minhas mãos postas sobre sua sonhante. Coloquei-me diante dela, atrapalhando a visão do oneiro.

— Seu filho sumiu e você o procura num cesto de lã — sugeri.

Sabia que algo envolvendo laços afetivos teria mais chance de seu mergulho no sonho e, por fim, de concluir sua sessão e deixar o Edifício Midoro Filho livre de sua presença até o sonho seguinte. Ela não teve reação. O oneiro tirou da gaveta um caminhão. Perdi a paciência e joguei na cara dela o leite que segurava. Ela abriu os olhos.

mãe

Gilsinho estava segurando minha mão quando acordei. O menino que eu criei era um homem com barba por fazer, em pouco tempo sua voz estava grossa, o antebraço mais forte e sem nada que pudessc lembrar o bebê que eu deixava chorar para fortalecer os pulmões.

— A senhora demorou, mãe.

Meu filho olhou para o lado, alguém perguntou qualquer coisa dentro do quarto, de onde eu estava deitada não era possível ver a pessoa, que foi enchendo o quadro colocando o rosto sobre o meu, ficando maior que o lustre.

— Ademar!

Apertei a mão do Gilsinho, a porta do quarto se abriu e entrou Nelson, que deu um tapinha nas costas do menino e lhe entregou um copo de café. Fez um joinha para mim, os três em torno de minha cama, agora era só acordar para que tudo voltasse ao normal, fechei os olhos. Gilsinho, o pai e o Nelson disseram meu nome, meu braço foi chacoalhado, abri os olhos. Ademar fez um sinal para o Gilsinho e saíram, Nelson também sorvia um copo de café que, pelo perfume, estava diluído em leite.

— Lembra de alguma coisa?

Meu corpo estava mais lento que a mente, um telefone tocou, Nelson atendeu, disse que estaria no Jacaré em trinta minutos, estava terminando um lance na oficina. Ademar voltou com Gilsinho e uma enfermeira, um médico liderava a turma. Nelson ficou esperando a resposta.

O médico sorriu.

— Então acordamos?

A enfermeira colocou um novo soro e espirrei.

— Que ótimo, isso mesmo! — disse o doutor.

Queria voltar ao sono e, quando achei que teria sossego, Gilsinho tirou do bolso um chaveiro, era um patinho de borracha.

— Mãe, do carro só ficou a chave, que sorte você acordar.

Sei que dormi mais uns dois dias, para a angústia da plateia. Ademar e Gilsinho vieram me buscar, meu filho com o macacão do Posto Jacaré. Entramos numa Kombi nova por dentro mas com cheiro de suor de velho, mistura de madeira com vinagre. Sentei-me atrás, os homens foram na frente. Ademar disse que estava curado mas precisou ir ao interior perguntar aos pais, muito idosos, quais tinham sido suas doenças infantis, preferiu não avisar a mim e ao Gilsinho para que a gente não se preocupasse com o deslocamento dele e tocássemos a casa tranquilos.

Gilsinho e Ademar estavam tão unidos, que se tratavam de pai e filho.

— Vou adaptar essa Kombi pra gente vender lanche, chega de táxi, Gilsinho vai fazer foto da mercadoria, vou imprimir folheto, a gente distribui no farol mais perto, uma moto vai ajudar, o Gilsinho é magrinho, pode pegar moto, ele entrega o lanche no farol mesmo, entendeu? A pessoa liga do carro, encomenda, a moto alcança a pessoa, a gente delimita a área de entrega, coisa próxima pra não gastar o lucro em combustível. Não ia ser engraçado Gilsinho correndo atrás do carro?

Ademar apareceu durante minha internação, chegou em casa como se chegasse do trabalho. Gilsinho comendo um pão de fôrma às pressas para ir ao hospital me ver. Nossa cama voltou a se enrugar como antes, o lençol em retalhos depois da batalha. A Kombi virou lanchonete na rua de casa, nada de Gilsinho em moto correndo atrás de carro entregando sanduíche, claro, lanchonete normal. Apesar de estacionada, a Kombi tinha que ser abastecida, Gilsinho conseguia um bom preço no Jacaré às custas de sua simpatia e do bom trabalho que fez enquanto trabalhou servindo gasolina aos motoristas. A mulher do Nelson veio devolver o cachorro.

— Cuidei, o garotão tá novo.

O cachorro estava gordo e tinha o pelo escovado, as unhas cortadas e um cansaço de sofá. Ela aparecia de vez em quando na Kombi, levava a criança cardíaca no colo, dava salsicha para aquele corpinho já tão gasto quanto o do cachorro. Somando o Nelson, a mulher deixava sem tônus qualquer um que se submetesse ao seu colo. Não demorou Nelson apareceu, Ademar tinha ido depositar no banco o dinheiro da manhã.

— Teu filho faz falta no posto, tava pensando, não quer estacionar a Kombi no Jacaré?

Ademar achou a proposta irrecusável, Gilsinho voltou a ser frentista e estudava à noite, os motoristas comiam ali mesmo no posto. A mulher do Nelson reclamou do lanche, disse que tinha muito sal na maionese, que eu comprasse uma pronta, que é segura, e não fizesse em casa, usando ovo fresco, que a pronta usava ovo em pó, não tinha risco de contaminação. A mulher pediu ao Nelson que arrumasse um bico para ela na lojinha do Posto Jacaré. Ela sabia fazer bolo com cobertura, bolo de casamento, ia vender lá dentro com todo o conforto, glacê branco, suspiro e doce de leite. Em dois meses, ela estava atrás do balcão, com uniforme do Posto Jacaré. Vendi menos lanche assim que ela inaugurou, ela colocou uma lousa na porta da loja avisando os sabores. Eu mantive um bom purê de batata e a maionese era a mesma, uma receita que achei numa revista antiga.

    Ficar parada dentro de uma Kombi começava a me cansar, convenci o Ademar a investir na frota do Lanches Águia, queria parcelar uma segunda Kombi e essa, sim, circularia pela rua, vendendo durante o trânsito.

    — Com uma condição, eu vou dirigir — ele disse.

    Concordei na hora, para que a segunda Kombi surgisse, e mais adiante veríamos quem ia comandar a lanchonete ambulante. Assim que Ademar chegou com o automóvel usado, dei uma saída com ele. Mirei o centro da cidade e acelerei. Antes de atravessar a ponte, vi mãe e filho, perto da faixa de pedestre. A mãe estava com o braço engessado, vestia uma saia até os pés, o cabelo oleoso. O aleijado estava debaixo da árvore comendo numa marmita. Não me viram. Ninguém olhava para mim, nem para dentro do veículo para ver se estava vago, ninguém me dava sinal. Quase no Centro, um ponto estava lotado, um ônibus havia quebrado, os passageiros esperando o conserto, outros dispersando. Desacelerei, abaixei o vidro.

    — Qual é a linha?

    O motorista não respondeu, uma senhora pensou o mesmo que eu e chamou outra mulher.

    — Vamos para a Zona Sul, pela avenida do Estado, a gente desce no Ipiranga, quanto a senhora faz?

    Propus levar dez passageiros pelo preço de uma corrida de táxi, dividindo, dava pouca coisa para cada um. A senhora foi conversando e havia mais de vinte passageiros brigando para entrar na Kombi. Fiz a corrida, um adolescente era o destino mais longe, quase passava do limite da cidade, a corrida daria para pagar só o combustível. Ele sentou ao meu lado, assim que ficamos sozinhos botou o cotovelo para fora da janela.

    — Pronto, a senhora já pode correr que eu gosto.

oneiro

A mãe, com olhos abertos, saiu batendo porta, a culpa era minha.

— Você é um doente — disse o oneiro.

Um fiscal entrou sem se anunciar, olhou para mim e botou a mão na cintura.

— Nem precisa descer para o refeitório, os dois subam ao anfiteatro, em dez minutos teremos um comunicado geral.

No corredor, os oneiros saíam de suas salas, dezenas seguiam pela escada, alguns optaram por esperar o elevador, embora ali coubessem mais de vinte oneiros, ir a pé diminuía a ansiedade. O anfiteatro eu conhecia por fotografia através da *Algodão*. Administradores, gerentes e fiscais em confraternização no final de reuniões importantes. Sempre um púlpito no palco, cortina preta ao fundo, a cara diplomática dos diretores, nunca a plateia. Certamente outros chefes fariam a audiência, já que eu nunca havia ouvido falar em oneiros convidados para um pronunciamento.

As entradas estavam desobstruídas, uma arena oval que abrigou com conforto todos os oneiros. No centro da arena havia um palco imenso com uma banqueta no meio. De onde eu estava era um ponto, mas dava para perceber as pernas finas do móvel. No limite do palco começavam os andares, as cadeiras com seus respectivos oneiros. Sentei-me no último nível, quis ver tudo do alto. Um fiscal entrou na arena com um microfone na mão, posicionou-se ao lado da banqueta e abriu os trabalhos, disse que teríamos reformulações importantes e passou a palavra ao superintendente, um homem alto que entrou com passos curtos e rápidos.

— Caros, há alguns meses temos sido visitados por uma quantidade inapropriada de sonhantes. Como não nos é possível investigar a causa dessa superlotação, teremos sessões mais curtas e todos os oneiros rebaixados terão seus cargos de volta, é um pacote emergencial.

Chamar a todos, interromper as sessões, criar falatório para uma notícia que poderia ser dada num folheto, numa edição especial da *Algodão*, um fiscal passaria de porta em porta e todos estariam avisados. O aviso era só aquilo mesmo, mas ele pediu mais um minuto de nossa compreensão e saíram os dois. Passados uns dez segundos de silêncio coletivo, entrou no palco um oneiro feito eu, sem nos dirigir olhar ou palavra aproximou-se do tamborete e tirou do bolso uma miniatura. Eu reconheceria uma miniatura a quilômetros de distância. Ajeitou-a no centro da banqueta e saiu do jeito que entrou.

— O que é? — perguntou-me o oneiro ao lado.

— Dá pra ser de prego a torre.

Os outros oneiros se faziam a mesma pergunta, viam-se centenas de cabeças dirigindo-se para a frente e para trás. Um tique-taque que foi encontrando descanso com uma onda vinda da primeira fila, a onda se organizou numa espécie de bolinha que foi quicando fileira por fileira, até nos alcançar no alto trazendo a resposta.

— É um pato — disse o vizinho de baixo, último no trajeto da bolinha.

Tratava-se de um pato de banheira, de cor petróleo. Uma sugestão coletiva, o pato. Só não entendi que mensagem seria aquela, já que não sonhamos.

Oneiros foram saindo aos poucos, alguns continuaram discutindo o pato, um ou outro invadiu o palco e tocou a miniatura. O prédio inteiro ia atender sonhantes, chefes inclusos, disse o ascensorista para um oneiro distraído que me perguntava sobre o conteúdo da grande reunião.

— Até os vidantos?

— Até eu vou sair daqui e entrar numa saleta — disse o ascensorista.

A vidanta voltaria ao batente e com vantagens, assim como eu. Um oneiro que nunca embaralhou cartas, não experimentou atender alguém que se sabe ali, que agradece ao sair, que direciona o trabalho com um pedido. Quando sentei em minha cadeira, relaxei as costas, a batata da perna tremeu. Sobre a mesa um envelope, uma carta formalizando o conteúdo da reunião e acrescentando que haveria gratificação para quem atendesse o maior número.

Em duas horas começou o rodízio de sonhantes, calculei alguns minutos para cada um. Uma mulher entrou com uma criança de colo embrulhada em manta, o bebê estava tão ofegante que temi enfartá-lo com uma mínima sugestão. Ignorei o bebê e foquei a mulher. Na gaveta, as miniaturas eram várias e as mesmas, peguei um índio.

— Fogueira — sugeri.

A criança espirrou, peguei outro índio.

— Briga com lanças.

Nenhuma reação, não iríamos muito longe com aquilo, usei as duas mãos para exibir todos os índios que pude.

— Rebelião.

A criatura levantou-se com aquele apêndice embrulhado, mal fechou a porta entrou o filho, o próprio, com o rosto envelhecido, muito parecido com a mãe, o corpo solto, arqueado para a frente.

— Está na beira de um rio, de cócoras — eu disse.

Esperei uma resposta que não veio, o novo limite de tempo impedia interação, um cálculo perturbador, já que ouvir a voz do sonhante estimula minhas frases. Sinal de que o Edifício Midoro Filho estava esterilizando as sessões, anulando a vontade dos oneiros, não condeno. O filho saiu no terceiro enunciado. Entrou a vidanta.

— Leitinho?

Descemos calados, o elevador não tinha mais o ascensorista, ela não usava mais batom e o cabelo estava preso num coque apertado.

No refeitório, nossas mesas de papelão já haviam sido descartadas do cenário. Tivemos que nos servir sozinhos, foi a primeira vez que abri uma torneira e fiz meu leite. Todos estavam atendendo em alguma sala.

— Deve ter gente trabalhando dois sonhantes numa única sala, isso aqui já foi melhor.

A vidanta estava mais preocupada com o Edifício Midoro Filho do que animada com sua volta ao batente de honra.

— Ainda tem o baralho aí? — perguntei.

Ela entendeu minha proposta, tirou do bolso suas cartas.

— O problema é que o baralho está desfalcado, perdi cartas nesse sobe e desce, teremos uma previsão parcial.

Sobre o balcão do refeitório, ela dispôs as cartas em cruz.

— O que você está vendo?

— Tudo pela metade, o baralho sugere numa rodada e confirma noutra, sem o resto das cartas não dá pra confirmar.

Subimos pelas escadas assim que um alto-falante nos dirigiu a palavra: "Oneiros que se encontram fora de suas salas, voltem imediatamente aos seus lugares".

— E se trocássemos de sala? — sugeriu a vidanta.

Não tive dúvida, fiquei dois andares abaixo, ela seguiu para o meu andar. Assim que entrei, abri as gavetas, queria ter certeza sobre a escolha das miniaturas. A vidanta trabalhava com cebolas, inúmeras cebolas como eu tinha inúmeros índios, repetição também se dava naquele andar.

A porta se abriu devagar, o filho entrou, sentou-se e tentou pôr as mãos sobre a mesa. Ele certamente teve o desejo de ser atendido por mim outra vez e voltou, fiquei comovido. Da mãe me livrei, mas não da herança e da vaidade em ser obsediado. Nem precisei tomar atitude, ele foi se ajeitando conforme o esperado. Mostrei, aos seus olhos fechados, a cebola de plástico.

— Comer uma cebola.

O filho não se mexeu, quem se mexeria com um estímulo tão raso? Mas me ocorreu uma sugestão melhor, sem miniatura que lhe desse estofo. Eu dividiria com o filho a minha dúvida.

— Edifício Midoro Filho.

filho

A mulher do Nelson queria que eu a fotografasse. Quando apareci com a câmera, ficou em polvorosa.

— Faz as fotos dos bolos, te dou um inteiro.

Não fiz as imagens em troca de bolo, mas por outra retribuição. Desde o momento em que voltei para o Posto Jacaré, a gente se encontrava no banheiro, tudo rápido. Ela sempre com a saia que deixava as coxas livres e meu macacão era fácil de abrir. Minha mãe circulava com a segunda Kombi, meu pai tinha interesse em ficar em lugar fixo.

— Filhão, tenho planos, vou abrir uma banca de jogo do bicho, aqui mesmo na Kombi.

O velho disse que o jogo havia sido inventado por um barão havia mais de cem anos e que o cara era dono de um zoológico no Rio de Janeiro. O ingresso vinha com a ilustração de um dos bichos, ele tinha vinte e cinco bichos no parque. Para aumentar os visitantes, no fim do passeio ele sorteava um bicho e quem tivesse o mesmo no bilhete levava o prêmio.

— Vou começar do zero, como banqueiro.

Ele ia bancar os prêmios, assim ficaria com o dinheiro das apostas azaradas. Nelson pediu que ele fosse discreto e não avisaria o dono do Posto Jacaré. A mulher do Nelson jogava toda semana e sempre no jacaré. Eu nunca joguei, não ia dar dinheiro para o meu pai e meu ramo era outro, ia fotografar. Frentista não tem tempo, tudo deve ser rápido, quem passa pelo posto quer rapidez para voltar ao batente.

— Gilsinho, faz foto de paisagem, vá até as pontes, tire foto do sol e bote pra vender na Kombi, a gente pendura no posto — sugeriu minha mãe.

Minha folga era aos sábados, peguei a segunda Kombi pela manhã, depois de muita luta com minha mãe. Em vez de procurar ponte e viaduto, fui atrás de prédios altos, do mais alto que tivesse. Meu pai deu certeza que eu encontraria o prédio mais alto no Centro, que eu estava certo, bonito era a construção. Bem próximo da praça da Sé, vi antenas sobre um edifício imenso e tive outra ideia. O negócio era entrar no prédio, pedir licença ao zelador e tirar uma foto de cima, da cidade inteira, essa sim ia vender na Kombi.

— Filho, você sabe, essa mania de foto é mais porque você gosta, dinheiro com isso é difícil, ninguém compra fotografia hoje em dia. Ainda mais do que todo mundo já viu. Agora, se você fizer foto da pessoa, aí ela já ia querer. Todo mundo quer uma foto tirada por alguém.

Meu pai começava, aos poucos, a deixar claro que o que nos moveria adiante era tocar o ponto. Lanche e jogo do bicho eram a dupla da nossa fortuna. Minha mãe começou a jogar, assim como ele.

— Se ganhar um de nós três, o dinheiro não sai daqui.

Abordei um zelador, ele disse que não era permitida a subida de estranhos na cobertura do edifício, que eu desistisse. Só pagando ou quem sabe se eu fosse da imprensa. Fui embora, no caminho fiz dois cliques sobre a ponte da Cabra. O rio entre os carros lentos, o risco dos faróis deixou um rastro vermelho, só eu sabia que ele se movia. Levei a imagem para a mulher do Nelson.

— Não tá boa não, tudo escuro, tem que ter luz.

Meu pai se especializava em sugestões de bichos. Foi se espalhando pelo bairro que a Kombi do cachorro-quente do Posto Jacaré recebia apostas. Um policial apostava semanalmente no urso, o próprio Nelson intercalava peru e camelo, uma aposentada queria decifrar os sonhos para o jogo.

— Olhe, seu Ademar, sonhei com abóbora, parece que é cachorro.

Continuar frentista começava a ficar insustentável, eu estava terminando o curso técnico, Nelson estava disposto a ser gerente da banca num ponto perto de sua casa, minha mãe queria companhia na segunda Kombi.

— O problema, garoto, é que seu pai só está estacionado aqui porque você é um funcionário e o dono permitiu por causa disso — explicou Nelson.

O dono do posto já sabia da banca e combinaram uma quantia de permanência. No acordo eu saí de graça, ou quase. Meu salário seria menor, o dono não só economizaria como ganharia. Minha mãe estava quase botando a segunda Kombi num concorrente, Nelson ficou de ver se ela poderia fazer a filial fixa em outro posto da rede, além do Posto Jacaré o dono tinha o Posto Ganso.

Eu ainda queria ser fotógrafo e sair daquele rodamoinho. Minha mãe passou a apostar no tigre.

— Aquele aleijado significa tigre, sabia?

— Que aleijado?

— O que atendi com a mãe, que faz ponto na avenidona.

No Centro, havia reparado em pequenas lojas onde se oferecia fotografia três por quatro para documentos. Na região havia muitos cartórios e escritórios de despacho, a clientela devia ser alta pela quantidade de cabines fotográficas. Fui de ônibus e ofereci meus serviços numa lojinha.

— Também posso retocar a foto com tinta, na hora.

— Como assim?

— Posso mudar a cor dos olhos da pessoa, também a cor da camisa, do cabelo, posso mudar a identidade da pessoa se ela quiser.

O dono quis um teste. Fotografei o lojista e esperei que a máquina cuspisse a impressão. Levei uma maletinha com tinta própria, uma solução transparente, que não cobria detalhes da gola ou dos botões, apenas mudava suas cores.

— Olhe, mudar mesmo a identidade não mudou, também isso é serviço pra gente grande, pra coisa rasteira serve. Pode começar amanhã — disse o lojista.

Avisei meus pais, Nelson e sua esposa, que eu havia arranjado um emprego na minha área, a da publicidade, da arte em geral.

— Isso, vá! Não demora a gente faz da cabine uma banca, você sabe, meu filho, a natureza avança.

Com dois meses de trabalho, retoquei tanta gente que o patrão achou bom aumentar o preço, já que pintar levava mais tempo. Nem com o aumento do preço os clientes diminuíram, parece até que valorizou o negócio.

— Pode confiar, senhora, o rapaz estudou isso, é formado nisso aí, pode se sentar nessa banqueta, penteie o cabelo que o resto é no pincel.

Uma menina de uns treze anos pediu que eu desenhasse alguma coisa.

— Sei lá, uma asa, uma pluma, não sei, quero uma coisa diferente.

Desenhei a cauda de um pavão atrás de seu rosto, com pontinhos pequenos que eram os olhos das penas. Gostei tanto que tirei uma cópia e levei para o Posto Jacaré.

— Um artista mesmo, e aqui nesse posto, enchendo tanque.

Minha mãe queria uma foto dela pintada, assim como a mulher do Nelson. Fiz o mesmo pavão atrás, com cores distintas.

— Tem como aumentar, meu filho? Fazer um pôster? E se pintar uma águia na Kombi?

Antes que eu voltasse ao Posto Jacaré, avisei que só trabalharia no Centro e que, bobeasse, era melhor que eu estudasse direito para tentar uma cadeia menor quando fôssemos presos, meus pais estavam à vontade para sentar num pudim cuja bandeja tinha pregos. O jogo do bicho era proibido, ainda que o barão que o criou, há cem anos, não tenha tido nenhum problema. Mas não pude impedir minha mãe de conhecer meu local de trabalho, a cabine ficava dentro de uma loja de doces por atacado, perto da geladeira dos refrigerantes.

— Qual o número de lá, Gilsinho? Acho até que conheço a loja.

— O número não sei, mas fica em frente ao Edifício Midoro Filho.

oneiro

O filho ficou no mesmo lugar, eu nunca havia dito algo fora da miniatura. Dizer Edifício Midoro Filho foi arriscado. Esse garoto falaria comigo, e agora. Levantei-me, abri os botões de sua camisa. Com o torso nu, minha respiração desacelerou, meu coração deu uma pedalada para compensar a fraqueza. Passei a mão pelo corpo dele, quente. Botei a mão debaixo de minha camisa e a temperatura só não era mais fria que a do leite que tomamos. O filho era grande, aquele corpo devagar, suor no pescoço. Nunca transpirei, a temperatura do Edifício Midoro Filho é controlada. Quis deitá-lo, pensei na melhor forma de fazer isso sem feri-lo, mas ele caiu de qualquer jeito, de lado. Com ele deitado, pude mexer as pernas, balançar, chutei os pés.

— Tudo bem aí, garotão?

A porta se abriu, a vidanta, de coque desfeito, agachou-se perto de nós, eu já estava deitado ao lado do filho, de mão dada com ele.

— Levante-se daí, oneiro, dê-se o respeito.

Ela se ajeitou na minha cadeira.

— Largue esse tonto no chão, sente-se aqui.

O filho não se moveu, dei um tapa no rosto dele, a mansidão também me agasta, outro chute nos pés e sentei-me como pediu a vidanta. O jogo era esse, eu tomaria o lugar do sonhante, ela já se preparava.

— Miniatura não funciona, tô careca de ver isso — avisei aquela senhora, antes que ela me entediasse mostrando meus próprios brinquedinhos.

Ela vasculhava as gavetas.

— Claro, além do quê, você está acordado.

Achei a vidanta um pouco alterada, invadindo minha continuidade, a sala, meu atendimento. Embora eu quisesse seu sumiço, não conseguia deixar de seguir suas ordens.

— Melhor voltar para a sua sala, antes que um fiscal passe por aqui — tentei.

— Os fiscais estão atendendo, a gente pode relaxar.

Ela queria se divertir. O filho estava imóvel no chão, cogitei deixar a sala, tomar a fresca no refeitório o quanto fosse necessário, ficaria em trânsito pelas escadas e elevadores até que as coisas se normalizassem.

— A senhora acha que oneiros já foram sonhantes?

— O que acha?

— Que não.

Fui para a janela, era dia. A catedral estava com as portas abertas, muita gente saindo, alguma missa fora de hora, comemoração ou lamento. Tão cheia estava a distribuidora de doces, e de lá vi a mãe sair para o sol. Abri um pouco mais a persiana com os dedos. A mãe foi subindo os olhos, andar por andar do Edifício Midoro Filho, ao chegar em mim ela protegeu os olhos da claridade e não posso precisar se conheceu minha janela. Afastei-me um pouco.

— Cartas? — a vidanta sugeriu.

Algum intervalo estava acontecendo, mas, no meio de uma ocasião de urgência em que todos fazem o mesmo trabalho, das duas, uma: ou estávamos entrando em colapso ou o número de sonhantes havia abaixado momentaneamente.

Bateram na porta, o filho estava no chão e uma senhora no meu lugar. Corri para botar o sonhante em seu lugar de direito, a vidanta nem se moveu. Puxei o filho pelos pulsos, a cabeça caída para trás, alcancei seus ombros. Algo raspou pelo chão, alguém tentava passar, sob a porta, uma gorda edição da *Algodão*. Num impulso levantei o rapaz e com menos cuidado fui botando sua composição humana em forma mais digna sobre a cadeira. Apanhei a *Algodão* e pedi, com gentileza, que a vidanta saísse da sala, eu precisava ficar sozinho, retomar as coisas. Ela esticou a mão, pedindo a *Algodão* emprestada. A porta se abriu sem nenhum aviso, um fiscal.

— Queira retomar seu posto, o Edifício Midoro Filho já dispõe de fiscais livres.

Foram embora juntos. Talvez eu tivesse todo o tempo anterior, o filho poderia voltar a falar comigo e finalmente nosso trabalho seria feito sem pressa. Fiquei entre folhear a revista, sugerir miniaturas e voltar à janela. Havemos de ter algum controle sobre nossos desejos, nem que seja permitir vários para que um não se sobreponha ao outro. Três desejos simultâneos exigiam uma ação. Fui para a janela, a mãe estava lá, do jeito que eu a havia deixado, protegendo os olhos da claridade, buscando meu andar. A catedral estava com a escadaria limpa e sem religiosos. A loja de doces mais tranquila, ela foi até a beira da calçada, ônibus e carros se cruzaram. Um ônibus parou na calçada, uma multidão desceu, seguiu para a catedral, mulheres lentas subiam a escadaria. Saciado um dos desejos, voltei a atenção para a *Algodão*.

Na capa havia um elefante com a tromba pintada de azul-piscina, uma opala na testa, uma fêmea. Folha por folha, o elefante se repetia, a cada foto com uma roupa, uma joia, um sexo. A foto diminuía de tamanho a cada folheada, o texto ia aumentando, ocupando espaço. Os assuntos iam da reforma do refeitório ao funcionário do mês, um oneiro capaz de atender com a mesma qualidade em qualquer situação, incluindo as turbulências.

Voltei à janela, a mãe ainda estava na calçada, em frente à loja de doces, a bolsa atravessando o peito, carregava uma caixa de papelão. Olhei para o filho, eles estavam cada vez mais parecidos, inclusive o corpo, os quadris se alargando. Guardei a *Algodão* na gaveta.

Talvez soubesse que o filho estava aqui e resolveu esperá-lo lá fora, ansiosa para vê-lo de sonho cumprido. A não ser que as imagens daqui não sejam as principais, mas mínimas, laterais e dispensáveis.

ESTA OBRA FOI COMPOSTA PELO GRUPO DE CRIAÇÃO EM ELECTRA E
IMPRESSA PELA RR DONNELLEY EM OFSETE SOBRE PAPEL PÓLEN BOLD
DA SUZANO PAPEL E CELULOSE PARA A EDITORA SCHWARCZ
EM JULHO DE 2013